[法] 勒克莱齐奥 著
J.M.G. LE CLÉZIO

谈佳 译

迭戈和弗里达

Diego et Frida

插图版

人民文学出版社

著作权合同登记号　图字01-2018-1630

J. M. G. Le Clézio
Diego et Frida
copyright © Editions Stock, 1993
Simplified Chinese translation copyright
© People's Literature Publishing House 2021
All rights reserved

图书在版编目（CIP）数据

迭戈和弗里达：插图版／（法）勒克莱齐奥著；谈佳译． —北京：人民文学出版社，2021
ISBN 978-7-02-017080-7

Ⅰ．①迭…　Ⅱ．①勒…②谈…　Ⅲ．①长篇小说—法国—现代　Ⅳ．①I565.45

中国版本图书馆CIP数据核字（2021）第053124号

责任编辑　黄凌霞
装帧设计　刘　远
责任印制　宋佳月

出版发行　人民文学出版社
社　　址　北京市朝内大街166号
邮政编码　100705

印　　刷　三河市中晟雅豪印务有限公司
经　　销　全国新华书店等

字　　数　136千字
开　　本　787毫米×1092毫米　1/32
印　　张　8.625　插页1
印　　数　1—5000
版　　次　2012年3月北京第1版
印　　次　2021年10月第1次印刷

书　　号　978-7-02-017080-7
定　　价　59.00元

如有印装质量问题，请与本社图书销售中心调换。电话：010-65233595

我向《迭戈·里维拉传奇一生》（Stein & Day，纽约，一九六三年）的作者伯特伦·沃尔夫表示感谢，我从他的书中汲取了很大一部分关于迭戈的生活细节；我向为迭戈写回忆录的格拉迪斯·玛尔迟（《我的艺术生命》，The Citadel Press，纽约，一九六〇年）表示感谢；我向安妮塔·布里诺表示感谢，她的《祭坛后的偶像》见证了二十世纪三十年代的墨西哥；我向拉克尔·蒂波尔表示感谢，他的《弗里达，剖开的生命》（Oasis，墨西哥城，一九八三年）向自己最亲密的朋友献上了感人至深的敬意；我向玛尔塔·萨莫拉（《焦虑的画笔》，La Herradura，墨西哥城，一九八七年）和《弗里达·卡洛传记》（Harper Row，纽约，一九八三年）的作者海登·赫蕾拉表示感谢，赫蕾拉的著作提供了这位传奇女性生命中的详尽资料。最后，我向何塞·华雷斯以及多洛雷斯·奥尔梅多·帕蒂尼奥女士呈上我由衷的谢意，他们慷慨为我敞开了多洛雷斯·奥尔梅多基金会的大门。我也特别感谢我的朋友奥梅罗·阿里加斯，是他安排了我与他们的会面。

桑东加①弹起了琴

哎呀呀,我的上帝啊

桑东加唱起了歌

唱起一首爱情歌

一听到你唱歌,桑东加啊

我的眼泪就喷涌而出

我心潮澎湃

哎呀呀,桑东加啊,桑东加

桑东加你就是特华纳

你就是特华特佩克的康乃馨

哎呀呀,桑东加

---

① 桑东加(Sandunga),意思是快乐迷人的女性。这个词主要在女性占据家庭主导地位、印第安传统保留得最好的墨西哥特华特佩克地峡使用。这首歌引自珍妮弗·苏克纳所著的《特华特佩克传统歌舞》(1976)。

目　录

序幕 ……… 001

邂逅"食人巨魔" ……… 010

野蛮人迭戈在巴黎 ……… 026

弗里达，一个真正的魔女 ……… 040

革命时代的爱情 ……… 059

两人世界：做壁画大师之妻 ……… 077

世界都会旧金山 ……… 095

革命中的美洲 ……… 107

纽约之战 ……… 136

开裂伤口的回忆 ……… 154

爱情革命 ……… 170

永远的孩子 ……… 192

印第安节日庆典 ……… 211

将革命进行到底 ……… 225

离别在假期 ……… 242

尾声 ……… 258

序　幕

　　一九一〇年十月五日，实施君主专制的墨西哥独裁者波菲里奥·迪亚斯正在以空前的排场筹备着百年独立庆典，而整个国家却卷入了一场史无前例的大动荡。这个印第安王国自从落入西班牙征服者手中，便一蹶不振、止步不前。弗兰西斯科·马德罗适时发布"圣路易斯计划"，要求废除舞弊当选的迪亚斯，号召人民起义。墨西哥民众纷纷揭竿而起，举国上下陷入了短暂而惨烈的战争，百万人献出了生命，终于推翻了当时的独裁政权。

　　墨西哥革命是第一次社会性革命，它预示了俄国大革命的到来，并标志着近代史的开端。由于农民是革命浪潮的真正主力，这一自发性的运动席卷了整个国家。一九一〇年，墨西哥依然是西班牙殖民者遗留的景象，广大农民被大地主压榨，沦为一小撮领主及其民团的奴隶。十五个庄园主瓜分了广袤的土地：从圣布拉斯到锡那罗亚，从普罗格雷索到尤卡坦，大地主占据这些面积过百万公顷的牧场，掌控着其间的河流和印第安村落，是毋庸置疑的主子。他们的领地宽广到往来其间都得乘坐私家火车。他们拥有无法想象的财富：从英国聘请家庭教师，把衣物送到巴黎清洗，请人将巨大的保险箱从奥地利运送过来……

那时，墨西哥仍旧是一片被征服的土地，外国人统治一切，瓜分了各个商业领域：美国人控制矿山和水泥厂，德国人掌握军备和五金业，西班牙人经营食品生意，著名的巴塞罗奈特法国商人则包揽了布匹销售和商品批发；铁路被英国人和比利时人垄断，而油田则掌控在多赫尼、古根海姆、库克等美国豪门望族手中。

在波菲里奥统治时期的墨西哥，欧洲之风盛行，在艺术和文化上都效仿西方样式。这位独裁者在墨西哥城复制再现了巴黎的景致，各个城市都能见到上演着华尔兹和四对舞的奥地利式露天音乐台。原住民的艺术、民俗和文化却一直深受歧视，只有表现阿兹特克文明昔日辉煌的元素才能在艺术创作中拥有一席之地。画家萨托尼诺·赫兰便从中汲取创作灵感，以古风手法绘制出身披盔甲的印第安斗士和罗马妇人形象的特瓦纳斯妇女。

波菲里奥在统治末期的这种喜好造成了一种沉闷且荒诞的矫饰风气。大多数作家和艺术家，无论伐斯冈萨雷斯和阿方索·雷耶斯，还是西盖罗斯和奥罗斯科，都纷纷逃离了这种令人窒息的宫廷艺术氛围而远赴欧洲寻求自由空间。

马德罗所号召的革命绝非无故的暴力迸发：殖民者的肆虐和对印第安意识的践踏所激发的革命浪潮，历经了四百年的积蓄以后开始汹涌澎湃。这场悲壮的革命由来已久、无可抗拒。革命潮流中的杰出代表弗朗西斯科·比利亚和艾米利亚·萨帕塔是两位无与伦比的历史人物。他们虽然粗暴、没有文化，却毫不妥协，真正体现了墨西哥人民的性格。革命潮涌将他们推向风口浪尖，并引领他们最终抵达位于墨西哥城中心广场的国民宫，那个古代特诺什卡人心目中神圣领主和西班牙殖民总督曾经统治掌权的地方。

专栏记者约翰·里德在《暴动的墨西哥》一书中这样描述弗朗西斯科·比利亚这个由普通牛倌一跃成为"北方师"统帅的反抗将领："这是我见过的最为原生态的男人，这里所说的原生态，就是最接近野兽的意思。"

而"南方解放军"首领艾米利亚·萨帕塔则绝对是革命中的浪漫主义者。这个印第安人与自己的农民部队，臂带袖套，头戴佩有瓜德罗普圣母像的宽边草帽，为"土地和自由"而战。安妮塔·布里诺在一九二九年写道:"瘦高的他一身平常无奇的黑衣,脖上系着一条血红色围巾,呈倒三角形的瘦削脸庞,在皮肤的缓和下显得不是那么的棱角分明,一双灰色的眼睛深陷在高耸的额头下,透着难以捉摸的冷峻目光。坚韧、静默、感性的嘴唇微微隆起,上方蓄着硕大的胡须,两端垂落,酷似中国古代官员。"①

墨西哥革命爆发时,迭戈已经二十四岁了。当时他正在立体派风行的巴黎追寻着更为自由的艺术。由于身在异国,他无法参与革命运动,只能远远地为老暴君的倒台欢呼喝彩。而独裁者后来被流放的城市,恰巧是画家随后高歌颂扬革命之举的巴黎,这就是命运的嘲讽吧。马德罗发出起义号召时,弗里达·卡洛年仅三岁,她所生活的城市科约阿坎却从未遭受过墨西哥城运动的干扰。

事实上,迭戈和弗里达两人首先都是外省人:迭戈出生在瓜纳华托,在这个弥漫着古老气息的矿产城市,居民们略带傲慢地与印第安人友好相处着。而弗里达在科约阿坎出生长大,这个被她母亲玛蒂尔德称为"村子"的城市依然生活在荷南·科尔蒂斯"侯爵"殖民入侵所遗留的悲惨烙

---

① 《祭坛后的偶像》,第二百一十六页。——原注

印之中。当地的唯一盛事便是每周一次的集市，这也是索契米洛哥、圣赫罗尼莫、伊斯塔帕拉帕、米邦塔等周边村落的印第安农民仅有的活动。

对迭戈而言，墨西哥城才具有诱惑，后来在弗里达眼中亦是如此。这里所说的并不是如今这个为工业时代受难者布下陷阱的"大都市"，而是在大革命之后汇集了学生、情侣、冒险家、思想家、野心政客、艺术理论家和现代化初探者的那个令人眼花缭乱，轻浮、沸腾而骚动的城市。

大革命爆发不久，墨西哥首都陡然间变成了一个开放的城市。人们沿着比利亚和萨帕塔率领的起义军所开辟的道路，蜂拥而至，占领了市中心和左卡罗广场，声势十分浩大。每天，来自全国各地的农民和探奇者走街串巷，往来于集市和公园，聚集在昔日仅供精英出入的建筑周围，会面相识。流动商铺、露天餐厅、廉价旅店和公共交通日益增加。墨西哥人在突然经历民族意识觉醒的同时，还发觉了属于自己的艺术和民间音乐，盛赞起义英雄的"科里多诗"已然在城中自发地流行开来。

迭戈和弗里达所生活的那个年代，墨西哥城不断涌现创造和发明，新事物层出不穷。其革新力度也许没有任何一个城市可以匹敌，它成了美洲受压迫人民的指路明灯。一九二〇至一九三〇这十年间，墨西哥城如此举足轻重，孕育了如此丰厚的艺术和思想，简直可与狄更斯时代的伦敦或是美好时代的巴黎蒙巴纳斯相媲美。

一九二六年八月，工人们在对国民宫一处侧翼进行修整时，发现了墨西哥城泰诺克提特拉兰大金字塔的遗迹。其顶端有一块显现太阳的石头，这就应验了一个古老的预言：顶部饰有太阳图案的巨大神殿重现人间之日，便是祖先权势回归之时。这一发现与迭戈为查平哥国家农学院的壁画动工的时间不谋而合，因而具有了一种象征意义：复兴印第安文化的时刻到来了！

这个想法其实由来已久。由于马克西米连时期的影响，掌控特权的西班牙殖民统治者一向认为原住民运动具有某种反动色彩。他们大肆宣扬阿兹特克光辉历史——十九世纪末，为墨西哥城末代国王库奥特莫克竖立了奢华的纪念碑——不过是用来掩饰幸存下来的原住民凄惨状况的幌子。正当人们为这位阿兹特克抵抗运动的年轻英雄的雕像授勋之时，波菲里奥·迪亚斯政府却派兵将雅基族印第安人赶到了哈瓦那，布拉沃将军的队伍则洗劫了金塔纳罗奥州的玛雅克鲁兹博村落,烧杀无数。

从某种程度上说,迭戈和弗里达代表的正是这重建印第安价值、再现西班牙征服前文明艺术和思想时期的善与恶。在墨西哥的革命前途和印第安历史关联的认同上,迭戈是先驱之一。他写道:"对于古老的墨西哥人而言,无论是大祭司密授的宗教仪式还是日常生活中最平常的小事,所有行为都充满了神圣之美。在他们看来,石、云、鸟、花皆为极乐之源,是伟大造物主的显现。①"

正是迭戈和弗里达倾其一生终身追寻美洲印第安人的这种理想境界,赋予了他们革命信念;也使昔日的辉煌文明在这个惨遭内战蹂躏的国家的核心地带大放异彩,如一盏明灯吸引了整个美洲的目光,预示着新纪元即将到来。

迭戈和弗里达所生活的那个年代,墨西哥城全面对外开放,提供了一切可能:城市街道犹如一幅幅正在成形的画作,汇聚成一条艺术展廊。

正是在这里,在这个城市中央一个有限的区域内(阿根廷街、钱币街、左卡罗广场,亚梅达公园和多洛雷斯街

---

① 伯特伦·沃尔夫,《迭戈·里维拉》,纽约,一九七九年,第一百零三页。——原注

之间），影响迭戈和弗里达一生的事件将一一上演：迭戈在阿根廷街的国立大学预科开始自己的壁画创作。也是在那里，第一次邂逅弗里达。位于阿根廷街与贝里萨利奥·多明谷街夹角的教育部距此仅两街之隔；从这里过六条街，在左卡罗广场以西的圣·胡安集市前，弗里达惨遭车祸，被公共汽车碾压，随后被送到改革大街另一端，圣科斯梅附近的医院中。迭戈为市中心国民宫创作壁画，倾注了近三十年心血；那里曾矗立着泰诺克提特拉兰（如今的墨西哥城）君主蒙特苏玛的宫殿。亚拉梅达公园中，情侣们每晚驻足流连；仅几步之遥的美术宫犹如白色的灵台，弗里达和迭戈先后在那里接受了墨西哥人民最后的敬意。

这两位来自外省的画家，因同样的革命信念结合，为再现墨西哥印第安文化的光辉奋斗终生。墨西哥城与这对画家夫妇之间具有神奇的默契。

在那个时期，一切似乎皆有可能。墨西哥城中，每一处建筑，每一张面孔，无不散发着难以抵挡的青春活力。从未有任何一个国家能以如此激情，顽强对抗钱权势力和帝国主义的武力威胁。各种思想，青春期特有的幻想纷纷涌现，仅在墨西哥城，别无他处：弘扬民间艺术，复兴印第安文化，人们对这个新时代充满了憧憬，相信南方受压迫的民众最终能从北方权贵手中获取公正权利。人们的脑海中依旧浮现起义军行进在首都街道上的光辉画面。自独立以来，饱受贫穷和不公正厄运的民族第一次看到了希望，这的确是墨西哥大革命中历史性的时刻。

墨西哥独特的光线色彩，日常生活的喧嚣嘈杂，街道和集市的气息，布满灰尘的屋宇中孩童的迷人魅力，古建筑和沧桑古树在晨曦中所散发的伤感之意，久久不能退却；这些都与迭戈和弗里达的故事交织在一起，令这个与革命信仰密不可分的爱情故事，在今天依旧鲜活动人。

真正的艺术杰作将青春常在，永远经典。如今，在这个经历诸多幻灭的世界上，商业帝国的粗鄙丑陋千篇一律，时刻摧残践踏着美洲印第安文化的至美。然而，迭戈和弗里达留下的那些动人的爱情画面，追寻真理的影像，其中的肉欲和痛苦总是交织在一起，时至今日却依旧强烈，无可替代。在墨西哥的历史中，这些画面将如炽热的炭火般继续燃烧闪耀，而它们所散发的火热光彩，对于一无所有的孩童来说，将是最为纯真的瑰宝。

邂逅"食人巨魔"

一九二三年,弗里达第一次遇见迭戈。那时迭戈受教育部委托,正为培养未来大学生的墨西哥城国立大学预科进行壁画创作。后来,迭戈用自己的方式讲述了这段改变他人生的遭遇,而这也是弗里达生命中最重要的时刻。

当时迭戈正在玻利瓦尔阶梯大教室里画画,这个接待大厅同时也是预科学生举行音乐会和进行表演的地方。廊柱后突然传来喊声,教室里回响起一个嘲讽的声音:"小心哦,迭戈,纳慧来了!"纳慧·奥林是迭戈的一个模特,真名卡门·蒙德拉贡。她是著名的阿特尔"博士"、画家穆里尤的情妇,她本人也是个画家。那时吕蓓·玛兰与迭戈一起生活,听到此话必然妒火中烧。另一天,迭戈正画着纳慧·奥林的肖像,又听到了这句讽刺的话:"小心哦,迭戈，吕蓓来了！"又一天晚上，他正在脚手架上登高工作，吕蓓·玛兰则在大厅里刺绣，阶梯教室侧门旁传来响声，一个少女突然间冒了出来，就像是被人推进来一样。

迭戈吃惊地看着这个"不过十或十二岁的女孩"（实际上，弗里达当时十五岁），她一身校服装扮，但却极其与众不同。根据迭戈一九四四至一九五七年间向格拉迪斯·玛尔迟①描述的回忆："她有种非同寻常的神情，庄重且自信，眼神中闪烁着奇异的火光。她很美，不过还是个孩子，但胸部已经发育得相当丰满了。"接下来吕蓓·玛兰双手叉腰盯着弗里达走进阶梯教室，两人四目相对的交锋大概是迭戈虚构的桥段。记忆如薄雾一般，所有一切皆消逝淡去。那一晚，如舞者般轻盈灵动，淘气又认真，迫切渴望绝对真理的小魔女弗里达与全情工作，"贪食"女性的巨魔迭戈相遇了。在两人第一次面对面的碰撞中，一切都似真似幻，如同命运的必然安排。

大革命后的墨西哥，诸多运动和思想不断碰撞，相互丰富。所有一切都将从两人的初次见面开始，这次邂逅将改变迭戈的一生，促使他进入到一个自己不曾想见的空间，

---

① 迭戈·里维拉，《我的艺术，我的生命》，The Citadel Press，纽约，一九六〇年，第一百二十九页。——原注

并令少女弗里达成长为现代艺术史上最与众不同,最具影响力的女性创作家之一。

玻利瓦尔阶梯教室的大厅中的确上演了异乎寻常、非同凡响的一幕:迭戈站在脚手架上一边保持着平衡,一边描绘着人类起源的壁画。面对巨人般的画家,弗里达毫不畏惧,大胆地提出待在那里看他作画的要求。少女弗里达的优雅令花花公子心绪混乱,她那孩子特有的直接、生硬的目光,也就是迭戈回忆中提到的"庄重"神情,令画家无法忘怀。他们之间的感情已悄然开始,两个人却并未真正有所意识。后来回想起来,迭戈才会明白这次不经意的偶遇是多么重要。因而在他与吕蓓·玛兰了断关系恢复自由身时,他才会希望重温这次见面,并以自己的方式更好地讲述它,重新开始他与弗里达的故事。

一九二八年,迭戈又一次受教育部之托为其创作壁画。他以俄国大革命的沉痛惨剧为题材,描绘的画面多凄惨阴郁。他站在脚手架的高处,突然看见了一个"十八岁上下的年轻少女,她的身形优美矫健,面孔俊俏,头发很长,浓密乌黑的眉毛在鼻子上方相接,像是乌鸦的一对翅膀,又如两道黑色的弯弓,衬得那双棕色明眸秀美异常"。他并没有认出这就是曾在阶梯教室里"挑衅"过他的女孩。

如果说两人第二次见面时的场景并非完全如此，画家却很喜欢这样描述，因为这次相见酷似第一次邂逅，并最终锁定了两人的命运。不过这一次有些事情发生了变化：墨西哥城国立大学预科那个曾经躲在廊柱后，喊叫声响彻玻利瓦尔大厅，爱挖苦人的小姑娘，如今已成长为少女。五年的时间里，她历经了极端的苦痛，也成了一名画家。她不停地向前赶，希望尽早出人头地，追上她所崇拜的男人。她决心成为迭戈的妻子，为他生儿育女。对于弗里达而言，与推开阶梯教室的大门，突然闯进她心仪男人的生活相比，绘画可能是与画家碰撞的另一方式。不过这种方式更猛烈，更痛苦，也更为大胆。

眼前的少女柔弱轻盈，却这般胆大包天，随心所欲，她那忧郁的眼神直逼迭戈，闪烁着蛮横的火光，于此画家不可能不为所动。他缓缓爬下脚手架，走向弗里达。他没能立刻认出她，因为五年的光阴对于这个四十二岁的男人转瞬即逝，但对弗里达而言却无比漫长和沉重，将小姑娘变成了少女。接下来，弗里达同他谈起自己的绘画，说到自己渴望过艺术家的生活。迭戈的记忆突然间清晰了起来：原来是她，那个咄咄逼人的尖刻女孩！她曾经视自己当时的女友吕蓓为劲敌，与之争锋相对，毫不畏惧，甚至连生性暴烈的吕蓓都感觉颇窘,却又忍不住说道:"瞧这丫头!小小的个子,倒是不怕我这又高又壮的女人。"说话间她微微一笑,却表明自己已败下阵来。

这一切也许都是迭戈的杜撰,就像他自己的人生小说一般。不过,五年过后,当弗里达在教育部的脚手架前再遇迭戈,吕蓓·玛兰已经淡出了画家的生活。迭戈渴望自由自在,弗里达也知道。她明白现在自己可以尽情地盯着他看,并成为他的女人。

当弗里达在脚手架下再遇画家时(不过按照后来弗里达的叙述,更可能是在意大利女摄影师蒂娜·莫多蒂家中),迭戈已饱经沧桑。他体型笨重、魁梧,被弗里达开玩笑地称作"大象"。四十二岁的迭戈比弗里达年长一倍还多,他结过两次婚,有过四个孩子:与安吉丽娜育有一子;与情妇玛利芙娜生下女儿玛烈卡,不过画家却从不愿意承认这个孩子,声称这是庆祝战争结束的狂欢中孕育的"停战日之女";此外,吕蓓·玛兰也为他生育了两个女儿。

不过,让人吃惊的是迭戈的面孔仍充满稚气,光滑的额头高高隆起,爱德华·维斯顿在日记中将之描述为"巨大的穹顶"。他的面孔似乎汇集了各个种族的特点,如同何塞·伐斯冈萨雷斯笔下所描绘的"宇宙人种":两只硕大的眼睛相距极远，闪烁有光，目光颇为轻灵，神情淡定却有些茫然若失，流露出近乎腼腆的一丝矜持。一九三三年四月，安妮塔·布里诺在《纽约时报》一篇名为《冷酷的笔触》的文章中向美国人介绍迭戈，作了十分吸引人的描述："他胖乎乎的，十分温柔，酷似意大利人；口若悬河，一脸博学，像个西班牙人；却拥有墨西哥印第安人的肤色和四四方方的一双小手，犹太人灵活睿智的眼光，俄国人的静默……他宽厚迷人，态度平和，对各种想法兼容并蓄，使每个交谈者都会感觉画家只在同自己对话，这是他特有的品质。"她还补充道："他总强调自己和盎格鲁－撒克逊人完全不沾边。"

所有遇到迭戈的人都会为画家身上汇集的反差所震惊：他状如巨人，令人胆战，却拥有一张柔和的面孔，目光中闪烁着忧郁，一双小手灵动激昂。这个男人虽然难看但却极具诱惑力，体现了自然的力量。女人们都为他着迷，既是被他的成就所诱惑——画家身边总是围绕着政客、学者和有钱人，也为画家强健的体格和性欲偏好所吸引。她们希望能在画家的眼光中看到自己的情影，喜欢对他"发号施令"。第一次世界大战后，艾黎·福尔在蒙巴纳斯与迭戈有过短暂交往，这个年轻男子身上的巨大威力令他十分惊诧。他在一九三七年写道："大概是十二年前，我在巴黎结识了一名男子，此人睿智得近乎可怕。他让我想起荷马诞生之前的十个世纪，品都斯①沿岸和大群岛②岛屿上的不计其数的神话作家……"③他补充说："他若不是神话学家，便是个满口胡诌的家伙。"的确，迭戈·里维拉不仅身材魁梧，也好说大话。他信口开河，是个牛皮大王，喜欢编故事，总是沉浸在幻想之中。弗里达对迭戈感到过害怕，倒不是因为他会拔出手枪朝唱片机乱射一气④，而是关于这位画家谈吐放诞，"贪食女色"的传言不断。于是，在她的想象中，迭戈变身成了传说中的怪兽，一种庞大固埃与帕尼尔日的聚合体。

对于维系那些荒诞不经的传闻，迭戈倒是乐此不疲。

---

① 位于希腊。
② 大群岛，应该是指西西里岛北侧第勒尼安海中的火山群岛附近的伊奥利亚群岛，由七个岛屿组成，得名于半神半人的风神埃俄罗斯。
③ 摘自迭戈·里维拉，《人物肖像》，FCE，墨西哥城，一九八六年（《作品全集》，J.J·波韦尔，巴黎，一九六四年）。——原注
④ 弗里达说："那时候大家都有手枪，喜欢拿马德罗大街上的路灯当靶子，干些类似的傻事。一到晚上，他们就会射碎所有的路灯，向随便什么东西乱开枪，就是为了找乐子。在蒂娜家的一次晚会上，迭戈朝唱片机开了火，我就开始对他着迷，尽管当时我还挺怕他的。"（海登·赫蕾拉，《弗里达传》，纽约，一九八三年，第八十六页）——原注

迭戈在瓜纳华托的山里长大，奥托米族印第安人安东尼亚在密林中将他抚养成人。六岁的小迭戈常常出入于瓜纳华托各个妓院，是那里的小宠儿。他九岁时与耶稣教会学校的一个年轻女教师初试云雨，有了第一次性经历。十岁时，迭戈已是墨西哥城圣卡罗斯美术学院的常客，满脑子都是绘画的渴望和成功的欲望。

迭戈十分得意于那些有关自己的荒诞至极的传言。他在颇有些杜撰色彩的自传中讲述了自己的"食人经历"：一九〇四年，十八岁的迭戈在墨西哥城的医学院进修解剖学，他说服学院同窗，让他们相信食用人肉有强身健体之功效——他借鉴的是巴黎一名皮货商的怪诞做法。此人认为，事先给将要遭受剥皮命运的猫喂食同类的肉，这样可以改善皮毛质地。迭戈还补充说，他以为女性的大腿和乳房是首选，当然，佐以酸醋沙司的少女的大脑也是极品。迭戈总是乐此不疲地在自己周围散布些非同寻常，怪诞不经的故事，"食人巨魔"便是其中之一。而且他在巴黎讲述这些故事的时候一脸严肃、目光深沉，让评论家艾黎·福尔很是吃惊，拿不准自己是否领悟了墨西哥式的黑色幽默。

迭戈很喜欢把自己吹嘘成"贪食"女性（和人肉），能够撼动山峦的巨人，以此提升人气。不过在谈到自己的童年时,他的描述却可能更为真实,更具实际意义。自己的孪生兄弟卡洛斯一岁半时不幸夭折,母亲因此长时间精神抑郁,小迭戈只得将感情转嫁于自己的乳娘,印第安人安东尼亚。

对于安东尼亚,我们知之甚少。迭戈的妹妹玛利亚·德勒比拉尔曾提到过安东尼亚对于里维拉家族的贡献。这个忠心耿耿的用人是个普通农民,言语粗鲁却通情达理,极为可靠。她有时会把小迭戈带到可以俯视整个瓜纳华托的大山上,小男孩就在那里和同龄的孩子、农场里的牲畜玩耍在一起。迭戈对乳娘的描述截然不同,充满了崇敬和爱慕。对他而言,印第安人安东尼亚是自己童年里最重要的人物之一,是她把自己领进了印第安人的世界。而这个与众不同、极其深邃的天地将影响他的一生。他在自传中这样写道:"我对安东尼亚仍记忆犹新。这位二十多岁的女人高大恬静、高雅率直。她的背部曲线完美,一双美腿如精心雕琢一般。她总是昂着头,仿佛顶着重物,需要时刻保持平衡。"

在迭戈的印象中,丰腴的乳娘令他浮想联翩,终生爱恋。对他而言,乳娘展现了西班牙征服前时期的才智与纯美。他还说,"直观来看,任何艺术家都会认为她是印第安传统女性的完美象征。我常凭着记忆描绘她的画像,而画中她总是身着红色长裙,肩披蓝色大围巾。"

乳娘安东尼亚是墨西哥奥托米部落的印第安土著人,总是一身瓜纳华托地区的传统打扮:穿红色长裙,披蓝色围巾。她引领迭戈进入印第安人的世界,是画家真正的启蒙者。在后来所有创作中,迭戈都将从这个自然为本的世界中汲取非凡的灵感。在乳娘的照顾下,迭戈如神仙(或者说是巨人)一般度过了自己的童年:他在丛林中长大,学会了祭奠祖先的巫术仪式和用草药治病的方法。他无忧无虑地自在生活,直接对着不离左右的山羊"妈妈"的乳房吸食奶水;他与森林里各种动物亲密接触,"甚至是最毒最危险的",并和它们成为朋友,简直就像是年轻的大力神海格里斯,或是吓人的巨婴庞大固埃转世。奇怪的是,迭戈尤其重视这段记忆,而回忆童年中最重要的角色既不是母亲、姨妈塞萨丽亚和比森塔(他总是挖苦这两个虔诚的教徒,以此为乐),也不是妹妹玛利亚,而是印第安乳娘和山羊妈妈。

事实上,同很多孤独的人一样,迭戈总是说自己并无童年。他的人生真正始于绘画,也始于火热的爱情。

令弗里达吃惊并着迷的，正是迭戈所彰显的男人本色：他相貌威严却风流成性；在女性面前十分软弱，近乎幼稚；自私又好享乐，善变又爱吃醋；喜欢虚构故事，信口开河，但又同时体现了男性的力量、激情和威力；他身上那种不可思议的单纯又让他温情无限。迭戈是第一个相信世界上存在着这种亦真亦幻的人。迭戈自己就把艺术早熟和性早熟混为一谈，相提并论。从自己的人生一起始，他就下定决心将一切可得之物占为己有：艺术界的地位、女人、荣耀、金钱、权势和土地。他并非野心勃勃，只是贪欲过旺。

迭戈的贪婪，势必成功的欲望，以及学画过程中表现的才华和活力，也为圣卡罗斯美术学院的老师何塞·贝拉兹科和雷布所关注。迭戈回忆起自己那幅吸引雷布注意力的裸体画时，不无炫耀之意。当时他刚开始动笔，老教师提醒他起笔的位置不对，如此进行将无法正确完成画作。随着绘图的进展，全班同学都聚拢在两人身边，等待着最终评判。迭戈完成素描后，雷布沉默良久，最终说道："不过，你画得倒是很有意思。明天一早你来我的画室，我们谈谈。"雷布后来所说的话恰恰反映了迭戈在绘画创作中的追求："您关注动感和生命，这才是最重要的。"雷布还提醒迭戈："不要理会其他同学的评论和嫉妒。"

动感、生命和不羁的思想，这便是迭戈未来的人生。而他绘画时总有众人围拢在身边，注视着他，守候着他，对他倾慕着迷。这使迭戈逾越了画者的身份，摇身变为演员、指挥官、魔术师和表演者。

在墨西哥城学画的最初几年，迭戈结识了何塞·瓜达卢佩·波萨达。这位十九世纪末最伟大的墨西哥画家，事实上是倡导复兴民间艺术的先驱，迭戈应把波萨达视为自己真正的老师。

波萨达是插图画家、漫画家，还是位天才版画大师，而且，他也出生在瓜纳华托。那时，波萨达在墨西哥城中央的圣塔·伊内斯街（现在的钱币街）5号开了间版画铺和画室，距离美术学院很近。每天，迭戈只要一有空就会跑去看波萨达放在画室橱窗里晾晒的版画。版画中呈现出种种街景，讽刺了当时的政客、教士、将军、法官、上流社会的妇女和娼妓，很像是戈雅的《狂想曲》和杜米埃的漫画。比起圣卡罗斯美术学院墙壁上那些冷冰冰的学院派装饰油画，眼前的画与迭戈的心灵不断碰撞对话，令他心潮澎湃，激动不已。当然，他还看到波萨达以质朴的绘画手法为当下流行歌曲、抒情诗，以及墨西哥城、托卢卡和帕丘卡集市上人们吟唱的"科里多诗"所创作的插图。迭戈尤其喜欢波萨达的骷髅画。画家模仿亡灵节孩子们咬食的糖制骸骨和骷髅头，展现墨西哥民间流传的死神舞，并借此嘲讽波菲里奥·迪亚斯统治下腐败不堪的社会，因此声名大噪。按照安妮塔·布里诺的说法，这些骷髅画让波萨达成为了大革命的"预言家"。有些插图是在彩纸上绘制的，虽然笨拙，过于简单，但在观赏者看来却充满了清新感和力量。迭戈在瓜纳华托看到的劳苦大众，无论是矿工还是走出大山的农民，对于他们而言，文化传播使者既不是图书馆，也不是博物馆的展台，而是兜售彩色树叶的印第安小贩，或是"科里多诗"歌手，只消几个铜板，他们便会为你唱响当下的流行民歌。

正是在这里，在波萨达的画铺前，迭戈·里维拉内心深处对民间艺术的热爱不断膨胀。他感受到了自己身为画家的使命，他渴望像意大利文艺复兴时期的伟大艺术家或是巴洛克时期的西班牙画家一样，通过自己的画笔，展现备受压迫而背离自身文明的民族的欲望和不安。正如他后来向格拉迪斯·玛尔迟所袒露的那样："是他（波萨达）让我看到了墨西哥民族与生俱来的美，展现了人民的欲望和抗争。他为我上了最重要的一堂艺术课——唯有激情才能展现一切，一部杰作的灵魂便蕴藏在这情感的力量之中。"①

波萨达展现地狱和死罪的艺术创作中充斥着骷髅和酷刑,作品通过日常生活的欢愉和享乐场景,反衬贪污腐败的丑陋和死亡的狰狞,大概是对波菲里奥所统治的墨西哥最有力的诠释:遭受武装镇压的墨西哥面临着侵略战争的威胁,法国和北美军队武装入侵的画面在人们的脑海中仍然挥之不去。这个国家弊端丛生、强盗当道,无辜民众惨遭杀害,却每日庆典不断,处处歌舞升平。与此同时,秘密的暴动正在酝酿,所有一切似乎都在瞬息万变之中悬而未决。波萨达与迭戈便来自这个民众生命随时遭受死神威胁的国度。

在迭戈·里维拉的传记中,伯特伦·沃尔夫描述了当时还是孩子的迭戈看到波萨达版画时的欣悦之情,他觉得波萨达的版画可与米开朗基罗的作品媲美。对于自己所关注,引导自己一生的两个问题,迭戈在波萨达的创作中找到了答案:他要通过绘画宣扬自己的"墨西哥身份";展现由美洲印第安各种族的光辉历史所延续的创作灵魂。正如他对格拉迪斯·玛尔迟所说:"墨西哥印第安艺术从具有浓

---

① 迭戈·里维拉,《我的艺术,我的生命》,第四十三页。——原注

厚地方特色的真实生活中汲取创作灵感和力量，与印第安人世界中的土地、风景、事物、动物、神灵和色彩息息相关、密不可分。他们的希望、恐惧、快乐、迷信和痛苦成就了这种艺术，情感则占据核心地位。"① 重新提升印第安艺术价值无疑成了迭戈·里维拉最为坚持的信条，并且在创作过程中始终引导他，赋予他灵感。与弗里达一样，正是这种持久的力量令迭戈能够面对重重磨难，化解种种矛盾，却矢志不渝——这一力量便源自于与波萨达艺术的碰撞。

迭戈·里维拉还从波萨达的创作中获取了另一种信念，那就是革命斗争的必然性。波萨达用讽刺漫画抨击波菲里奥·迪亚斯的统治制度，嘲讽资产阶级的傲慢无礼，挖苦教士和士兵。他通过阴森的舞会场面，将这个正在腐败瓦解的社会所存在的不公正、偏见及荒诞可笑全部浓缩在荒谬而微不足道的死亡之中，这才是迭戈创作灵感的真正源泉。迭戈并非天生就是政治家，但历经政治的种种跌宕起伏，他终将坚持这一创作手法，这便是波萨达的版画赋予他的信念。之后，在与共产党领袖托洛茨基和文学界杰出

---

① 迭戈·里维拉，《我的艺术，我的生命》，第四十三页。——原注

人物布勒东接触的过程中,迭戈遭遇了不同思想,感到无所适从。相比较而言,他更欣赏波萨达的思想。一九四七至一九四八年,已近暮年的迭戈效仿波萨达,将古老的智慧和讽刺挖苦、死神的怪相和对印第安本色之美的记忆、百合花少女和穿戴花哨的骷髅一并呈现在《亚拉美达公园星期日午后的梦》的壁画之中。

一九〇六至一九〇七年的冬天,甘蔗收割短工在维拉克鲁斯州的奥里萨巴进行抗议活动,遭到了波菲里奥·迪亚斯军队的血腥镇压。迭戈第一次在现实生活中感受到了革命。此时此刻,迭戈再不能无动于衷。奥里萨巴的街道上,短工们的鲜血洒地,不停流淌,不断滋养着迭戈对这些真正的墨西哥劳苦大众的热爱,也将画家的命运与现实紧紧连在一起。从今往后,展现农民和工人的威力和伟大,并像波萨达一样,向世人揭露权贵在濒死时的丑陋嘴脸,便成为了迭戈最为重要的使命。

野蛮人迭戈在巴黎

虽然时间和方式各有不同,迭戈和弗里达都在创作的最关键时期遭受了西方的诱惑。对迭戈而言,这是一次充满魅力的艺术碰撞,对他至关重要。在旅居法国和西班牙的十四年间,他游历各地,见到了所有那些正在改变艺术,开创现代绘画技艺的大师。他在那里娶妻生子,经历浪荡的波西米亚式生活,遭遇苦难和战争的洗礼,创立了属于自己的艺术。当他重归故土,虽是饱经风霜,但却已声名鹊起,内心充满坚定的革命思想。

而弗里达第一次前往巴黎时,无论是从年龄或艺术创作的角度,均已趋于成熟。安德烈·布勒东及超现实主义分子邀请弗里达,希望能把女画家拉拢到自己暗淡失色的阵营之中。弗里达前往巴黎并非心甘情愿。她讨厌巴黎,厌恶那里的艺术界人士，在那儿她没有待上多久。她给朋友的信中称"这恶心的巴黎！"她回到祖国墨西哥，确信自己与欧洲及其文化界的传统造反手段格格不入，如隔鸿沟。在弗里达看来，欧洲，尤其是法国，跟自己和迭戈在旧金山、底特律及纽约所见到的"美国游乐场"并没有什么本质的区别。迭戈没有与她同去巴黎，这次冒险因而对她毫无裨益。

然而，在欧洲的经历却将终生影响迭戈。刚成年的迭戈一从圣卡罗斯美术学院毕业，便决定前往西班牙。这不仅能让他逃离自己的家庭，摆脱经济困难（波菲里奥统治末期，艺术家的日子很不好过），还可以追溯艺术本源，与艺术大师们切磋。一九○九年，迭戈初次远行。在那个年代，艺术品很少走出国门。美术馆的精品杰作既没有复制品，也从不外借展出。而临摹作品则平淡无奇，毫无水准。要想欣赏埃尔·格列柯、戈雅、委拉斯开兹、拉斐尔、伦勃朗、勃鲁盖尔、博斯、凡·艾克或米开朗基罗的作品，就只能去当地的美术馆。阿特尔"博士"、画家穆里尤所讲述的故事令迭戈怦然心动，二十三岁的年轻迭戈带着维拉克鲁斯州州长迪奥·德希沙提供的奖学金，便只身向战前那个美好时代的欧洲进发了。

西班牙最先呈现给迭戈的是同艺术大师和杰作近距离接触的机会：他在马德里的普拉多皇家美术馆欣赏到了戈雅和委拉斯开兹的画，迭戈尤为心仪戈雅的作品，甚至努力临摹仿作。他也许想做个临摹画家，但现实很快让他打消了这个念头，因为他永远都无法模仿得惟妙惟肖，尽善尽美。但迭戈还看到了别的东西：二十世纪初的西班牙，国王查理五世和女王伊莎贝尔帝国所遗留的惊人财富与民众的极端贫苦形成了巨大的反差。迭戈看到埃斯特雷马都拉的农民和加泰罗尼亚的农场工人，便会想起在墨西哥城山谷中，韦拉克鲁斯和莫雷罗斯甘蔗种植园里劳作的短工，以及格雷罗州和米却肯州手持木棍种地的可怜的印第安农民。这些贫苦大众在迭戈的脑海中留下了深深的烙印，令他对一贫如洗的平民充满同情，对西班牙权贵无比憎恶。这些，都呈现于他在查平哥所作的名为《征服》的大型壁画之中。

但西班牙已经无法满足迭戈的胃口。一九〇九至一九一〇年间，巴黎才是真正的国际艺术之都，而蒙巴纳斯则是核心地带。手头拮据的迭戈便落脚在蒙巴纳斯，开始他住在一家包食宿的旅店中，后来在德帕尔街租下了一间画室，并在那里安顿下来。

在一次前往布鲁塞尔的旅途中,迭戈结识了安吉丽娜·贝洛芙。这位金发碧眼的年轻俄国姑娘纯真无瑕,就像迭戈后来所描述的那样:"温柔、敏感,诚实善良到简直难以置信的程度。"和迭戈一样,安吉丽娜也是画家兼艺术家。她为迭戈的魅力所倾倒,并决定成为他的妻子。迭戈的说法却透出淡然的无情:"她最大的不幸,就是成为我的合法妻子"。安吉丽娜陪伴迭戈一同经历了巴黎生活的激情和困苦。她疯狂地爱着年轻的画家,虽然这个与自己截然不同的墨西哥巨人性情急躁、粗暴,有时还极不成熟,但他身上忧郁的气质、诡异的才气却令安吉丽娜意乱情迷。

弗里达出生时,迭戈十四年的巴黎旅居生活已告结束。对于迭戈的这段经历,弗里达后来不可能一无所知。一九一五年,弗里达还是个孩子,而安吉丽娜已为迭戈生下了一个孩子,这画家生命中唯一的儿子,却出生不久就不幸夭折。弗里达也许是想将迭戈的这段记忆抹去,她还未曾与迭戈谋面,就已想要为迭戈生个儿子,闲聊时还把自己的决定告诉了大学预科的伙伴。冥冥之中,迭戈的人生已与无数灵魂联系在了一起。

巴黎同时也是绘画流派的殿堂。迭戈·里维拉说起刚到首都巴黎时,看到画商安布瓦茨·沃拉尔摆放在橱窗里的塞尚的画作，受到了巨大的冲击："早上十一点左右，我开始盯着那幅画看。中午，沃拉尔外出吃饭，给画廊大门上了锁。大约过了一个小时，他回来了，看到我依然全神贯注地凝视着那幅画，便恶狠狠地瞪了我一眼。他在办公室里监视我，时不时瞅瞅我。我当时衣衫褴褛，估计他是把我当成小偷了。后来，沃拉尔突然站起身，拿起店铺中央另一幅塞尚的画，换走了橱窗中第一幅。又过了一会儿，他用第三幅画替下第二幅，接下来他连续换了三幅塞尚的其他作品。这时候，夜幕已经降临，沃拉尔点燃橱窗的灯，再换上另一幅塞尚的作品。最后，他走到门边，大声叫道：'您还不明白，我可真没画了！'"迭戈补充说，那天他凌晨两点半才回到家中，巴黎街道阴冷刺骨，他发起了高烧，但塞尚作品带给他的震撼却让他内心狂热不已。

两次旅居巴黎期间，迭戈·里维拉曾回到家乡，亲眼目睹了一九一〇年墨西哥大革命。作为现代历史上最为重要的事件之一，这次革命是所有人民革命的源头。后来，弗里达也把这一年选作自己的出生年份（实际上，墨西哥大革命时她已经三岁了）。革命以闪电般的速度不断推进，它的烈火尚未燃及那些大多出身资产阶级的革命同情者、艺术家和学者。对于人民领袖弗朗西斯科·比利亚和艾米利亚·萨帕塔所奏响的革命壮歌，迭戈·里维拉和好友何塞·伐斯冈萨雷斯不可能无动于衷，漠不关心，但他们却无法亲身参与其中。弗朗西斯科·马德罗当选总统后恢复了社会秩序，艺术家们却感到一切似乎毫无改变。他们身处优越地位，的确无法真正体会这场变革的威力：革命力量在墨西哥掀起社会动荡，其浪潮即将席卷世界其他国家。老独裁者波菲里奥·迪亚斯倒台后流亡巴黎，在当时看来只是无足轻重的事件。画家需要在巴黎经过长达十年的成熟历练才能真正理解大革命对祖国的影响，明白自己在革命中所应扮演的角色。

弗里达却完全没有必要经历这一成熟过程。她所属的这代人出生在革命年代，与大革命一同成长，她的肉体和情感中充满着新思想。这也是为什么迭戈在弗里达眼中成了某种传奇式的英雄：他见多识广，曾目睹身着白衣、手持大砍刀的农民与艾米利亚·萨帕塔在墨西哥城街道上一同行进的场面，他还认识俄国革命家，甚至见到过斯大林！

一九一一年冬，迭戈第二次来到巴黎，这个城市也正在经历着革命。但这并不是一场社会变革,而是艺术史上最为浩大的一次翻天覆地:绘画、建筑、音乐、诗歌和文学各个不同领域不约而同地为现实主义搭建着基石,达达主义运动在美学上宣扬无政府主义,为超现实主义流派开辟了道路,巴勃罗·毕加索开创了具有煽动性的视觉艺术,绘画方面的新思潮随之不断涌现。

一九一〇年迭戈初见塞尚作品所受到的冲击,将他引入绘画研究的天地,不断深入求索。一回到巴黎,他便吸收了"立体主义"美学理论,学以致用,在德帕尔街的工作间里,他满怀新的激情,一幅又一幅接连创作。挥动画笔的同时,迭戈仿佛在驱散自己心中的恶魔。他必须如此:革命不久后的墨西哥混乱不堪,艺术仍无自己的一席之地,立体主义便是迭戈的革命方式。他在圣卡罗斯学院和托莱多学到的那种传统的西班牙绘画技艺,深受格列柯的影响,却在立体派创作手法的扭曲和亵渎下,遭到了毁灭和抛弃。正如迭戈自己所说,这是一种很好的转变,是一场"无视一切"①的革新运动。

迭戈在一九一四年实现了最为宝贵的心愿,他在自己

---

① 迭戈·里维拉,《我的艺术,我的生命》,第一百零三页。——原注

的工作间见到了巴勃罗·毕加索,同行的还有藤田和川岛。从那时起,迭戈便成了这个不安分小团体的一员,在战前的几年间可谓风光无限,引人注目。除迭戈以外,蒙巴纳斯还汇聚了其他众多追寻新艺术的画家,如毕卡比亚、胡安·格里斯、布拉克和莫迪里阿尼等。迭戈的奶奶伊内兹·阿科斯塔是葡萄牙籍犹太后裔,拥有部分犹太血统的他与苏丁、基斯格林、马克斯·雅各布、伊利亚·爱伦堡(作家后来以迭戈·里维拉为原型,塑造了《胡里奥·胡列尼托》一书中的主人公,一个才华横溢,好吹牛,满嘴谎话,过着放荡生活的公子哥。),当然还有巴勃罗·毕加索这些流亡的犹太艺术家相处,倍感亲切,意气相投。尤其是同阿米地奥·莫迪里阿尼,迭戈曾有过一段跌宕起伏的非常友情,期间不乏纵酒作乐和争辩不休,但两人却情同手足,友谊长存。在最为穷困潦倒之时,迭戈和安吉丽娜还甚至与阿米地奥及其情人让娜·艾布登挤在德帕尔街的小公寓里,一起生活了一段时间[1]。

战争开始后,墨西哥政府中断了奖学金。与莫迪里阿尼和其他众多艺术家一样,迭戈也被困在了战火中冷冰冰

---

[1] 奥利维·德布罗斯,《蒙巴纳斯的迭戈》,SEP,墨西哥城,一九八五年。——原注

的巴黎城。工作间里没有供暖，他被迫拆东墙补西墙，靠挪借度日，勉强生活。正是在这纷乱不堪的几年间，迭戈在巴黎过上了放荡不羁的波西米亚式生活，显露出自己四处寻花问柳的"食色"本性。他迷上了安吉丽娜·贝洛芙的朋友玛利芙娜·弗洛波芙－斯特贝勒斯卡。这个俄罗斯金发美女外表柔弱，却有着非凡的意志和野心。汹涌澎湃的激情过后，玛利芙娜产下一女，取名玛烈卡，也就是迭戈所说的"停战日之女"。这段混乱动荡的感情给迭戈留下的回忆，除了蒙巴纳斯那帮朋友（莫迪里阿尼、苏丁、毕加索和爱伦堡）给玛利芙娜画的两幅写生素描，便是两人决裂时玛利芙娜用刀刺在他脖子上的伤痕。

那时，迭戈可以长时间不工作，只是醉心外面的世界，成日拈花惹草，得过且过。那几年动荡灰暗的日子将深深铭刻在迭戈心中，也正是那段岁月为他的艺术追寻之路打下了根基，因为除艺术以外，他别无所求。在迭戈和莫迪里阿尼看来，艺术既非奢华品，也并不代表声誉。艺术已然成为迭戈生命的全部，为此他可以牺牲别人的生活，也可以放弃追逐幸福以及世间的所有享乐。

一九一八年底，就在停战后不久，迭戈痛失爱子：患有脑膜炎后遗症的迭基多在贫困交加之中病情加重，不幸夭折①。

这个创伤宛如隐秘的疤痕，将终生陪伴迭戈。虽然这个温厚的魁梧画家、害羞的巨魔吸引了一大批朋友，尽管安吉丽娜爱意绵绵，但迭戈知道自己在巴黎的冒险已然结束，他应该离开这里，去他处继续探寻。

与伟大的艾黎·福尔的相遇，可能令迭戈最终下定决心。伯特伦·沃尔夫特别提到，是艾黎·福尔让迭戈意识到了自己的本性，自身的使命。福尔向画家解释说，艺术家并不孤独，他所表达的是一种普遍语言，为了实现这一普遍性，他应以全体人民为依托。这位杰出的审美学家可能觉察到了迭戈·里维拉身上最深层的力量和才华，尽管经历了蒙巴纳斯的精神文化洗礼，迭戈身上依然留有某种冲动和野性，这种近乎可怕的力量，将使所有接近他的人望而却步。

艾黎·福尔所说的话，迭戈心中早已明了：他并不属于西方世界，战后的巴黎也无法再留住他的心。于是，他

---

① 瓜达卢佩·里维拉·玛兰为迭戈和吕蓓·玛兰之女（《里维拉之河》，墨西哥城，一九八九年），据她讲述，在她少年时，迭戈有一天对她说："今天，我的儿子本该三十五岁了。"接着便叙述了迭基多因家里无钱买炭取暖而不幸夭折的经过。——原注

抛弃了一切，义无反顾地回到了自己的祖国。满怀创作激情的迭戈一心只想寻求自我，无暇顾及自己的离去将令安吉丽娜痛不欲生。

迭戈在意大利欣赏过米开朗基罗的壁画、丁托列托的油画，在帕埃斯图姆和西西里看到了壁画艺术的杰作，那些作品无比震撼，足以"让人肚肠打结"。他明白了自己创作的天地，不是蒙巴纳斯烟气弥漫的工作间，而应是经历了新革命洗礼的房屋墙壁，他要在那里绘画，将自己的作品呈现于曾在街道乡间浴血奋战的民众眼前。后来，在一九二一年五月十九日，他给好友阿方索·雷耶斯的信中这样写道："这次旅行标志着我的生活新阶段的开始……在这里，人们的生活与艺术创作融合在一起，毫无分别。壁画并不是仅仅停留在教堂的大门之上，街道上、房屋中比比皆是。目光所及之处，所有一切都是那么熟悉亲切，充满了民众气息……炼钢厂、矿山、兵工厂与庙宇、钟楼、宫殿错落有致，布局和谐而完美。西西里岛上，淳朴的泥瓦匠建造起一间间村屋，与轮廓犹如三角楣的山丘相映成趣，无比协调。"①

---

① 克洛德·费勒，"迭戈与墨西哥大型壁画主义的起源"，《墨西哥研究》，第七册，佩皮尼昂，一九八四年。——原注

朋友们带来了一九一七年俄国革命的信息，迭戈坚信新的时代正在到来。画家内心突然迸发欲望，燃起创作激情。这个遍布古建筑的欧洲再无可学之物，疯狂愚蠢的战争不仅令欧洲日渐衰退，还吞噬了儿子的生命。而大洋的另一边，那个他并不熟悉的墨西哥正等待着画家的回归，他可以在那里拥有一切。令大革命果实落入大庄园主之手的文鲁斯帝安奴·卡兰萨倒台以后，代表平民阶层的阿尔瓦罗·奥布里刚执政当权，迭戈得以顺利归国。

当迭戈·里维拉重返祖国，抵达维拉克鲁斯州时，弗里达·卡洛才刚刚十四岁，看上去却只像个十二岁的小姑娘。她从报纸上和预科班学生的议论中得知了迭戈的传奇故事，无外乎有关画家"花花公子"、放荡不羁的种种说法。大洋另一边的欧洲人对迭戈·里维拉着迷，也被他惊恐。傲慢的法国人曾试图征服墨西哥，却在一八五七年五月五日被贝尼托·华雷斯率领的民众力量所击败。如今他们又为迭戈的艺术创作所倾倒，为画家的口若悬河所震慑。迭戈可谓是当时的英雄人物。与此同时，他的好友何塞·伐斯冈萨雷斯也从欧洲归国，随即受阿尔瓦罗·奥布里刚政府的委托，重整墨西哥文化。

多年前，也就是在波菲里奥·迪亚斯当权时的一九一〇年，阿特尔"博士"和奥罗兹科就已经设想过在国立大学预科阶梯教室的墙壁上绘制壁画，试图革新艺术创作，但当时老独裁者对公共艺术却压根不感兴趣。

当伐斯冈萨雷斯决定重新启动该计划时，却避开了这两位在他看来太过传统的画家，他找到了无视传统的"食人者"迭戈·里维拉。迭戈的创作激情、性格使然的粗暴、非凡的工作能力，比其他一切更说明问题，令他成为不二人选。迭戈随即发起的大型壁画主义运动，犹如毕加索掀起的立体主义革新浪潮。在占领公共建筑物空间的进程中，一大批墨西哥伟大的艺术家重新聚拢到迭戈周围：赫拉多·穆里尤、霍尔赫·恩西索、西盖罗斯、法国人让·夏洛特、菲尔闵·雷乌艾尔塔斯、蒙特尼格罗、沙维尔·盖雷罗、危地马拉人卡洛斯·梅里达和鲁菲诺·塔马约等。迭戈是领悟壁画革命意义的第一人，他认为应将这一创新继续下去，这必将使刚结束的政治变革中所呈现的英雄主义得以延续。迭戈借百年独立庆典和第一届国际大学生代表大会之机参观了恰佩斯和尤卡坦，领略到玛雅艺术非同凡响的文化力量。在奇琴·伊察，他欣赏到美洲虎神庙中的壁画，更加坚定了在现代建筑物的墙壁上书写人类解放史的信念。

回到墨西哥城，迭戈便开始为伐斯冈萨雷斯托付的艺术巨作忙碌起来，成为名副其实的指挥者。在国立大学预科的壁画创作中，事无巨细，迭戈都亲力亲为：监督助手研磨颜料，用石灰打底，将颜料与树脂混合，用仙人掌汁液凝固定型……

迭戈可谓真正的工作巨匠，他一人的体力和毅力便胜过其他所有人，这让他能够承受过度的工作。虽然画家早有"登徒子"和"野蛮人"的恶名，然而，国立大学预科的脚手架上或是圣伊尔德丰索中学的画室中，全情投入工作的迭戈却塑造了一个绘画天才的神话，令目光坚毅的柔弱少女第一次怦然心动，意乱情迷，这个少女便是弗里达·卡洛。

弗里达,一个真正的魔女

迭戈·里维拉初次见到弗里达时——如果不算上顽皮女孩在大学预科阶梯大教室向迭戈挑衅的那一幕——少女纤细的身材与脸上流露的焦虑之美形成了一种反差,给画家留下了深刻的印象。打动他的还有弗里达那阴郁却闪亮的眼神,透着紧张,却直盯着画家,质问的目光中带着小孩子吓唬人时特有的执着。

弗里达不同于迭戈认识的任何一个女人,她完全不像安吉丽娜那样有着斯拉夫女人的白皙肤质、内在的高贵气韵,也不如玛利芙娜胆大放肆,更不像吕蓓·玛兰风骚粗暴。弗里达不属于遥远的欧洲,没有年轻的吕蓓在瓜达拉哈拉沾染的贵族之气,更不曾流露蒂娜·莫多蒂那圣母般的面孔上所能看到的冷峻而坚毅的表情。和迭戈颇为相似,弗里达也是伐斯冈萨雷斯所说的"宇宙人种"。这个女孩身上汇聚了印第安人无忧无虑的快乐，混血人种的苦楚，还有一丝源自于犹太父亲的焦虑和性感。迭戈第一眼便捕捉到弗里达身上这种奇异的多样性，所有这些，亦如少女旺盛的青春活力，深深地吸引着他。

迭戈每周都前往科约阿坎拜访卡洛一家，像个旧时的未婚夫一样。期间他学着更好地了解弗里达，却发现这个少女柔弱的外表下隐藏着骇人的生活经历。弗里达很少谈及自己的过去，极少袒露心扉。她特别具备她那个阶层墨西哥妇女与生俱来的品质：表露感情时极为矜持，幽默之中透着讽刺。迭戈也是如此——在他看来，粗话，甚至下流话比咏唱时的颤音更有表现力。弗里达也画画，迭戈在她的作品中看到了令自己着迷和震撼的东西：他所经历的种种幻灭，所有悲剧，巨大的痛苦与少女的生活经历交织在一起，这一切均呈现在弗里达的绘画之中。粗鄙中透着淡定，显现画家非同凡响的不羁思想。

弗里达行为洒脱，毫无拘束，外表看来只是个热恋中的少女，背后却隐藏着非同寻常的痛苦经历。她的一生充满了艰辛。一九〇七年，弗里达出生在一个穷困潦倒的家庭之中，她很快便明白自己毫无指望。父亲吉耶摩一生坎坷：波菲里奥·迪亚斯时期他曾是官方摄影师，一场大革命使他变得身无分文，度日艰难，前途渺茫。他在墨西哥城的中心地带有家照相馆，每天在满是灰尘的大帷幔前为领圣体者和新婚燕尔的夫妇照相。弗里达的母亲玛蒂尔德·卡勒德龙则要维持整个家庭的生计，她变卖家里的物件和家具，把房屋租给过路单身汉，节衣缩食，省吃俭用。弗里达的外祖母伊莎贝尔是西班牙将军之女，外祖父安东尼奥·卡勒德龙是塔拉斯科族人，在米却肯州担任摄影师，两人的婚姻孕育了玛蒂尔德。母亲在弗里达的情感生活中似乎并没占据什么位置：她过分虔诚，笃信宗教到了古板的地步，严厉冷酷，又总不在弗里达身边。父亲吉耶摩如此脆弱，不切实际，极具艺术气质，和他相比，母亲就是个反面。其实母亲年轻时也曾活泼美艳，却为了维护自己的家庭变得专制和严厉起来。弗里达叫她"我的老板"。和迭戈一样，弗里达幼年时就被母亲遗弃：玛蒂尔德由于连续怀孕耗尽了精力，生下比弗里达小一岁的克里斯蒂娜后便陷入抑郁，无法同时照顾两个婴儿。哺育弗里达的乳娘与迭戈的印第安奶妈安东尼亚十分相似。画家后来以戴面具的印第安女神形象展现乳娘的样貌，画中奶妈的乳房中流淌出奶汁，滋养宇宙大地。与同龄少女相比，弗里达如此与众不同，她那充沛的活力，闪动的眼神，以及对革命理想近乎虔诚的忠贞，却毫无疑问是母亲的真传。

父亲如此柔弱，又极富于幻想，这个孩子般的男人是弗里达终生追寻的对象。谈起父亲时，弗里达总是难为情地说他一生为"眩晕"所困。事实上父亲患有癫痫，还是小女孩的弗里达很早就学会了在父亲当街犯病时照看他：她让父亲平躺在地，解开他的衣服，自己手里攥着相机，防止小偷借机行窃。在六个女儿中，吉耶摩最宠爱弗里达，而弗里达也十分崇拜父亲，尽管他很虚弱，也许正因为父亲的脆弱，弗里达才更爱他。父亲过世后，弗里达在一九五二年以他常用的拍摄手法，虔诚地绘制了一幅肖像画。画中父亲西装笔挺，却显得拘谨，暗淡的双眼透露出焦虑不安，又黑又密的胡子遮住了半张脸，似假的一般。弗里达在背景中使用了发旧的黄色，让人想起马德罗街摄影室中的帷幔，却又诡异地饰以卵子和精子的图案，借此显现孕育自己的瞬间。画作下方的题词是弗里达对父亲爱的告白："我所画的是父亲威廉·卡洛，他拥有德国-匈牙利血统，是一位职业摄影师、艺术家。他本性慷慨、机敏且善良，他还是个勇敢的人，因为他饱受六十年癫痫之苦，却从未停止过工作，并与希特勒进行了坚决的斗争。爱慕你的女儿弗里达·卡洛。"

弗里达自幼便受到病痛折磨。一九一三年,六岁的她患上了脊髓灰质炎,致使左腿残疾,萎缩的腿令她终生痛苦羞愧。弗里达一生都以过于细瘦的左腿为耻辱,这让她想起波萨达的骷髅画或慧兹罗波西特利,这个阿兹台克战神一生下来也有一条骨瘦如柴的残腿。弗里达在自己的作品中常常隐藏自己的残疾。在一九三〇年迭戈为她所作的唯一一幅裸体画中,坐在扶手椅中的她将病残的左腿盘错在右腿之下,神情十分地羞愧尴尬。

弗里达病愈不久后,父亲在科约阿坎家中拍了一张全家福,照片中小女孩一脸严肃,远离其他家人站在阳台下方,用大丛的植物遮住自己的下半身,说明病痛已令弗里达陷入孤独之中,她那时已经明白自己将永远无法和别人一样。邻家的男孩和女孩总拿弗里达的残疾开玩笑,言语无情,却是孩子的天性。据奥罗拉·雷耶斯的回忆,弗里达骑自行车时总穿着双高帮靴子,"大家就冲着她喊:弗里达,木头腿"[①]。弗里达就是在这种孤寂之中度过了自己的花季,只有姐姐玛蒂塔才是自己真正的朋友。不过玛蒂

---

① 海登·赫蕾拉,《弗里达传》,纽约,一九八三年,第十五页。——原注

塔也是在这时离家出走,再没有回来。当时才七岁的弗里达对姐姐的私奔计划知情不报,为此她内心充满了罪恶感,以致大部分青春时光都在寻找姐姐。很久以后,姐姐才得到家人的谅解——那时弗里达二十岁,玛蒂塔已二十七岁了。

自己的与众不同让弗里达痛苦不已,这种感觉陪伴着她的成长。那时她并没怎么想过画画,却生活在一个幻梦的世界中。她在自己卧室的窗户上,随心所欲地创造了另一个弗里达,那是她的姐妹,她的镜像,以此慰藉自己的孤寂。她在日记中写道:"我在窗户的水汽中画了一扇门,想象之中,我满心欢喜,迫不及待地穿过这道门逃离了这里,一直跑到一家叫'萍踪'(Pinzon)的奶品店。我穿过店名中的字母'O',从那儿下去直至地心,想象中的朋友一直在那里等候我。我记不清她的容貌和发色,可我知道她很快乐,总在默默地冲我笑。她翩翩起舞,身姿轻盈,轻如鸿毛。我与她一起舞蹈,同时向她吐露心中所有秘密……"

弗里达将与镜中的另一个自己永不分离。一九三九年她创作了《两个弗里达》,画中两个孪生姐妹并排站立,手牵着手,两颗裸露在外的心脏由同一动脉相连。弗里达的身体逐渐虚弱,饱受病痛折磨的她把自己封闭在孤独之中,于是儿时的梦想变成了虚幻,赋予了另一个弗里达近乎神话般的色彩,引得女画家不断在镜中苦苦探寻。

弗里达一生命运多舛,遭遇之事皆违背常理,令人惊叹。不同于迭戈·里维拉,她并没有成为画家的任何潜质。虽然父亲培养了她的艺术品味,而且从中学起她就开始迷恋那些渴望成名的墨西哥年轻艺术家。在国立大学预科,她还加入了由一群喜欢说三道四的大学生组成的闹事团体,集会时成员都带大盖帽,被称为"卡楚恰"①。这个团体崇拜革命家何塞·伐斯冈萨雷斯,尤为关注文学创作。成员中就有米格尔·里拉——因为酷爱中国诗歌,弗里达叫他李宗(音译),还有音乐家安吉尔·萨拉斯和作家奥克塔维奥·布斯塔芒特。特别是阿尔杰德罗·戈麦斯·阿历亚斯也在其中,这个法律系的大学生记者是"卡楚恰"的精神领袖和核心人物,弗里达对他一见倾心,坠入爱河。在法律学院的门口,他们像中学生一样约会,弗里达陪他出席招待会,进出旅店舞厅。她给恋人写了许多暗含情意的信件,

---

① 西班牙南部安达卢西亚地区的一种单人舞蹈。

文字既风趣又火热。她称恋人为"新郎",并自称"妻子",甚至管自己叫"他的爱犬"。弗里达玩着爱情游戏,也许就此深陷其中无法自拔。而在二十世纪二十年代,墨西哥这个资产阶级社会对女性仍缺乏宽容——多洛雷斯·奥尔梅多在弗里达·卡洛巴黎画展的序言中写道,一九二二年,"很少妇女能上大学",而弗里达则是"两千名大学生中,最早进入大学学习的三十五名女性之一"①。少女弗里达生性急躁刚烈,很难接受对中学生恋爱的传统束缚。她梦想离开这里,去别处过自由自在的生活。一九二五年一月一日,她给阿尔杰德罗寄了一封信,信中憧憬与他一同去美国闯荡:"你难道不觉得我们该为自己的生活做点什么吗?要不然就得在墨西哥度过一生,那我们将永远毫无价值,一无是处。而且,对我来说旅行是再美好不过的事情。一想到自己没有足够的毅力做到所说的这一切,我就十分烦躁生气。可你肯定要说这可不光是毅力的问题,还牵扯到金钱。可是如果我们先干上一年的活儿,就能赚到钱,到时候剩下的就都好办了。不过,说实话,我对出国的事儿知之甚少,你得告诉我利与弊,外国佬是不是都很讨人厌。

---

① 多洛雷斯·奥尔梅多,《弗里达重归巴黎》,巴黎,一九九二年,第十一页。——原注

你瞧瞧，从开始一直写到这里，我所说的不过只是空中楼阁，想入非非，最好让我马上摆脱这些幻想……"①

弗里达并不像姐姐玛蒂塔，她没有足够的决心，也不够冷漠，无法抛弃父母去冒险，而阿尔杰德罗·戈麦斯·阿历亚斯也绝非铤而走险之人。他和这个多愁善感、玩世不恭的女中学生保持着关系，不过是为了保护她，这段感情并非毫无保留。在没有兄长的弗里达身边，他扮演着大哥哥的角色，既是同谋又是监督者。在他看来，弗里达只是个小姑娘——"我那大学预科的小丫头"。有时候，她过于敏感，总爱哭哭啼啼。她是一个奇怪的混合体，既性感又理想化，喜欢性暗示（在信末她用等腰三角形署名，明显指的是阴部），常有神秘的冲动。她那时还远未投身革命事业。一九二四年一月十六日，她给阿尔杰德罗写了一封激情狂热的信："我最常祈祷的人是姐姐玛蒂塔。神父也认识她，他也说会多为姐姐祷告。我向上帝和圣母祈求，希望你一切都好，一直爱我。我还为你的母亲和妹妹做了祷告。"②可以看出，母亲对宗教的虔诚信仰对弗里达影响多么深刻。终其一生，弗里达一直保持着这种神秘激

---

① 海登·赫蕾拉，《弗里达传》，第四十一至四十二页。——原注
② 海登·赫蕾拉，《弗里达传》，第四十页。——原注

情。当然，卡尔·马克思、列宁、萨帕塔、毛泽东和斯大林，这些伟大的革命英雄将在她心中很自然地取代圣人的地位。

一场骇人的车祸改变了弗里达的人生轨迹，将她永远封锁于孤独之中，遭受厄运的痛苦折磨，而艺术成为了解脱的唯一出路。

一九二五年九月十七日，年近十八岁的弗里达和阿尔杰德罗登上了一辆新式公交车。这种公交车往来于首都中心左卡罗广场和科约阿坎之间，因比有轨电车快得多而受到大众青睐。在五月五日大街和库阿乌特莫辛街的交汇处，圣胡安市场方向，一辆有轨电车斜插着驶过来，撞上了这辆公交车。

弗里达后来讲述了车祸发生的经过："我们上车不久就撞车了。这之前我们上过另一辆车，不过我把太阳伞弄丢了，于是下车去找。就这样，我们才上了这辆把我撞得支离破碎的公交车。确切地说，车祸发生在圣胡安市场对面的一个街角。电车其实行驶得很慢，可我们的司机却年轻急躁。电车拐弯时把公交车撞到了墙上。

"我那时是个聪明的女孩，虽然很自由却涉世不深，可能就因为如此,我并不清楚发生的一切,也没有意识到所受的创伤。当时我想到的第一件事,就是那天买来带在身上的一个彩色不倒翁,我试着找到它,还以为这次车祸不会有什么严重后果。

"我们的确并没意识到发生了车祸,也确实没哭。我就没有掉眼泪。撞击中我们被抛向前方,公交车的一个扶手穿过我的身体,就像是利剑刺穿牛身。一个路人看到我流血不止,就把我抬了出来,放在一张台球桌上,红十字救护人员在那里护理我。

"就这样我失去了自己的童贞。我的肾脏严重受损,无法排尿,但让我最疼痛的是脊柱。好像没人担心我的脊柱,也没给我拍 X 光片。我尽量坐起来,让红十字的人给我家里打电话。玛蒂塔从报纸上得知了消息,第一个赶来看我,三个月里日夜守护在我身旁。母亲由于这次车祸受惊过度,一个月都没露面,也没来看望。妹妹阿德亚娜听到消息后就昏厥了过去。父亲伤心欲绝而病倒,二十天后我才见到他。"①

车祸的后果触目惊心,给弗里达检查的大部分医生都

---

① 拉克尔·蒂波尔,《弗里达·卡洛,剖开的生命》,墨西哥城,一九八三年,第四十页。——原注

很惊愕她居然还活着：她的腰部脊柱三处断裂，股骨和肋骨骨折，左腿十一处骨折，被碾压的右脚脱臼，左肩脱位，盆骨断为三截。公交车的钢制扶手穿透了她的腹部，由左侧刺入，从阴道穿出。

然而，弗里达的坚强和生命力都是超乎常人的。她不仅死里逃生，还战胜了随之而来的绝望。她在医院里受尽了难以忍受的痛苦。一个月之后，她在给阿尔杰德罗的信中写道："我很疼，你都不知道有多疼。每次他们把我从床上拽起来，我都要掉上几升的眼泪。不过，就像人们常说的，狗叫声和女人泪都不可信。"

弗里达从自嘲和黑色幽默中获取了惊人的力量，战胜了绝望和痛苦。她写信、阅读，没完没了地同玛蒂塔开玩笑。她真正体会到墨西哥人所说的"承受痛苦"的含义，她在一九二五年十二月五日写道："唯一的好事是现在我开始习惯忍受痛苦了。"

从红十字医院出院后，弗里达回到了科约阿坎的家中，但仍须卧床休养，她决定画画。痛苦和孤独孕育了这种意愿，她向母亲宣布自己的决定："我没有死掉，而且我还有一个活下去的理由，那就是画画。"母亲请人在她的病床上方做了一个帷盖，并装上一面硕大的镜子，这样弗里达就能看到自己，把自己当成模特。在弗里达的绘画创作中，病床和镜子将一直陪伴着她，仿佛是另一种方式，令她可以透过窗户哈气中所画的门，穿过"萍踪乳品店"的字母"O"，与另一个弗里达再次相聚，另一个自己依然在那里快乐轻盈地起舞，分享着自己的秘密。

过去那么喜欢嘲弄人、爱幻想的少女弗里达，还曾梦想过成为"航海家，或是伟大的旅行家"，而从此以后，绘画、黑色幽默和孤独便成为她生活的全部。未婚夫阿尔杰德罗离开她远赴德国，让她更加寂寞难耐。他去了那么遥远的国家，书信往来需要花上好几个月。而阿尔杰德罗的逃避并非偶然：他的父母本来就不看好儿子和弗里达的交往，这女孩太过放荡、蛮横不逊，现在又快变成残疾人了。

现在，弗里达终于意识到这场飞来横祸的严重后果，钢制扶手刺透自己的身体，她知道了自己将永远不能生育，医生们就是这样告诉她的。一九二六年，她以一种凄惨的自嘲口吻，拟定了一份出生告示：

> 莱昂纳多
> 公元一九二五年九月生于红十字医院，
> 来年在科约阿坎接受洗礼。

母亲弗里达·卡洛

教母伊萨贝尔·坎波斯

教父阿尔杰德罗·戈麦斯·阿历亚斯

从今以后,她必须独自面对残破人生的梦魇,有时绝望至极,难以自拔。一九二七年三月三十日,她给阿尔杰德罗的妹妹阿霞·戈麦斯·阿历亚斯写道:"如果我没有邀你来家中,请一定不要记恨我。首先我并不清楚阿尔杰德罗是不是同意,其次你根本没法想象家里有多恐怖。请你来我会羞愧万分,不过我向你保证,恰恰相反,我内心极其渴望你的到来……"她在四月六日的信中写道:"如果继续这样下去,最好把我从地球上除掉……"二十五日,她写信给阿尔杰德罗:"昨天我难受极了,无比伤心,你完全无法想象人在病成这样时会感到多么绝望,我无法解释自己那种可怕的苦闷,更何况有时我疼痛难忍,又无法止痛。……是的,没有别人,只有我,我独自一人受尽病痛和绝望,承受一切的一切。我的身体才刚能向前倾,不能写很长时间。我不能走路,因为腿疼极了。我一看书就会疲劳,而且也没什么有意思的东西可看……我无所事事,唯有哭泣,甚至连哭的力气都没有……你没法想象我每天在卧室，孤立无援，徒对四壁，都绝望到什么地步了。这就是一切！我的痛苦无法言表……"①

这次车祸是一场灾难，弗里达在肉体上饱受伤痛折磨。不过，最艰难的还是车祸后的康复。她必须学会重新掌控自己的身体，重获自由，为此她倾尽全力，展现了非凡的生命活力。

弗里达回到科约阿坎的家中，开始了与病痛的对抗。她强迫自己走出家门，去见自己大学预科的朋友。出院后三个月，她便再次登上公共汽车，前往墨西哥城市中心。

如今，绘画成了她的生活重心，如同她早先对母亲所说，是她"活下去的理由"。从一九二三年起，她开始练习画自画像，而她第一幅重要画作，便是以波提切利技法描绘的自己的肖像，她把这幅画当作礼物送给不久将从大洋彼岸归来的阿尔杰德罗，试图挽留他的心。这是一幅浪漫主义画像，采用了拉斐尔前派画家，也许是墨西哥画家萨托尼诺·赫兰的创作手法，暗紫色的背景衬托出病痛折磨下弗里达的苍白无力，憔悴柔弱。画中唯一能够显现她真实性格的有力元素，便是眉穹下那乌黑的双眸，闪动着探

---

① 拉克尔·蒂波尔，《弗里达·卡洛，剖开的生命》，第四十五页。——原注

寻、智慧的光彩。画作底部用德语写的题注，颇具讽刺意味：

Heute ist Immer Noch
（今日永续）

几个月剧烈的肉体苦痛宛如数年的炼狱，十九岁的弗里达已变为一个成熟、果断的女人。她决心要疏远别人，变得强势起来。她最爱自己的父亲，因为他是那么温柔，充满艺术家的情怀。她也深爱具有勇气离家出走的姐姐玛蒂塔。她痛恨世俗的条条框框，讨厌母亲的过分虔诚，对妹妹克里斯蒂娜有种病态的嫉妒。

和男友分手是弗里达的艰难时刻，她确信自己注定永将孤独，绝望终身。她并不是一个任由厄运摆布的女孩，但她明白自己永远无法摆脱孤寂。一九二七年九月十七日，在给阿尔杰德罗的信中，她仍这样写道："你再次归来，我却无以奉上你想要的东西。从今以后，我不再稚气美艳，却终将一身孩子气，一无是处，这才是更糟糕的……你拥有我的全部生命，而它却永不再属于我。"

爱情似乎无望，但弗里达不会向失败屈服，甘愿做个残疾人。走出痛苦的她外表形销骨立,内心却脱胎换骨。一九二六年二月父亲拍摄的照片中,男孩子打扮的弗里达站在自己的姐妹和堂兄妹之间,又浓又黑的弯眉下,炽热的眼光尤显阴郁,坚韧的双唇紧闭,她还撑着手杖,明显并非装饰。

她决意生活下去。尽管病情反复,长时间被困在科约阿坎的卧室里,与石膏胸衣和拐杖为伴,弗里达却一直在和困扰她、压抑她的孤独感顽强抗争。二十岁的弗里达,虽然肉体被病痛摧残,心中却激荡着青春期的焦躁和兴奋。她阅读报纸、杂志,关注外面的世界所发生的非比寻常的事件:奥布里刚与卡列斯的争权夺利,北美的入侵威胁,人民力量惨遭镇压,以及后来奥布里刚和弗朗西斯科·比利亚遇刺身亡,以及学生运动等等。弗里达还阅读其他文章,关注俄国革命和上海民众暴动的事态发展。

"卡楚恰"社团不大过问政治,而弗里达在车祸前也很少关注革命思潮。阿尔杰德罗前往德国时,她还开玩笑说:"在那边下海游泳时,你可别和姑娘们过分勾搭……尤其是在法国和意大利,更不要在俄国,因为那儿有很多年轻的女共产党……"(一九二七年八月二日)。

在漫长的康复阶段,除了画画和给朋友写信,弗里达便沉浸在书海之中，以此打消烦闷。她读胡安·加夫列尔·伯克曼的小说，艾丽亚斯·楠第诺的诗歌，以及亚历山大·克伦斯基关于俄国革命的著述的译文。这位遭到列宁排挤的起义军前领导人当时刚刚流亡到美国，他所描述的俄国革命与共产主义理想大相径庭。在大学预科校友日耳曼·德·坎博的影响下，一九二八年一月弗里达加入了一个小社团，成员都是同情共产党的学者，其中就有古巴流亡者胡里奥·安东尼奥·麦拉，墨西哥画家格扎维耶·盖雷罗——意大利女摄影师蒂娜·莫多蒂地下情人。接连被数个国家拒之门外而在墨西哥城找到避风港的蒂娜年轻且激进，她身上的浪漫风韵让弗里达十分着迷。那时，经历大革命洗礼的墨西哥充当了众多政治避难者的庇护者，将他们汇聚在自己的羽翼之下。正如历史学家丹尼尔·科西奥·比列加斯所述，墨西哥城是一个"真正的家园，敞开大门热情地迎接所有拉丁美洲人"。

正是大革命的魅力吸引蒂娜·莫多蒂和胡里奥·安东尼奥·麦拉来到墨西哥城。这之后，阿尔瓦罗·奥布里刚在卡洛家附近的圣安吉勒拉·伯姆比亚饭店遇刺身亡，普鲁塔尔科·埃利亚斯·卡列斯将军的部队夺取了政权，弗朗西斯科·比利亚被处决。这一系列事件激起社会动荡，使革命思想愈发沸腾起来。其间出现的非凡的革命人物很自然地吸引了弗里达，尤其是蒂娜·莫多蒂。她如此年轻美艳，而且还是个全身心投入革命的艺术家。且不提在蒂娜家，还能经常碰到迭戈·里维拉。就在那时，弗里达已感到迭戈将步入自己的人生。

曾经蛮横无理，好嘲讽人，挑衅过醋坛子吕蓓·玛兰的小姑娘，如今已长成为目光炽热坚毅的少女，痛苦在她的脸上留下了凝重的印记。她那近乎亚洲人的面孔在中分的乌发映衬下尤显特别，一身朴实无华的装束，很快令迭戈·里维拉怦然心动。然而却是绘画，最终还是绘画令弗里达真正进入了他的生活。

受伐斯冈萨雷斯之托，迭戈在教育部第四层楼的墙壁上绘制了一幅名为《无产阶级革命进行曲》的壁画，他把身着红色衬衣的弗里达画在壁画中央，与蒂娜和麦拉一起向共产主义工人分发步枪和刺刀。从那时便已开始，弗里达和迭戈之间的爱情故事充满了口角和争吵：迭戈开玩笑说弗里达有个"狗头"，而弗里达则毫不示弱地回敬道："那你呢，你那个就是蛤蟆头。"

爱已然萌发。

革命时代的爱情

如今的墨西哥城是一个现代化的庞然大物,这个大都市因贫穷而遭殃,因工厂林立和交通拥挤而窒息,俨然是个未来的地狱,毁灭将是必然的命运。二十世纪二十年代末,墨西哥城却不是这般残酷可怕的模样,在这个地处热带的首都城市依然能呼吸到世间最清新的空气。卡洛斯·富恩特斯曾这样描述:"那是个空气最为清澈通透的地区。中央大道的尽头,可望见火山遥遥矗立,峰顶白雪皑皑;旧时西班牙饭店的庭院中,音乐之声悠扬,喷泉之声潺潺,蜂鸟振翅则发出轻轻的簌簌声;每晚,情侣们漫步于亚拉梅达大街。身着长裙,头系缎带的少女们则欢快地围成圆圈,在轮舞曲中翩翩起舞。"

波菲里奥的统治在这个城市中留下了不可磨灭的印记:

上世纪末兴建的别墅为浩大的庭院环绕，奢华无比。林荫小道上，金合欢和金凤花的树影婆娑摇曳，显得十分豪华贵气。公共广场上设置了铸铁乐池，一到晚上便轮番演着四对舞曲、华尔兹和进行曲。这个仍带有殖民色彩的城市在世纪末突然间成为一个开放的革命之都，农民们从共和国的四面八方赶来，蜂拥而至，一时间人声鼎沸。其间，大多是印第安人：男人们穿着白色短裤，脚踩简陋的皮凉鞋，女人们则用长长的披肩裹住婴儿，随身携带。他们在广场四周徘徊，出入圣胡安和恩惠集市。他们在这里或购买或兜售商品，或也许只是想来看看这个城市，心中并不完全确信墨西哥城已属于自己。

在所有人的记忆中，革命的壮阔奇妙景象依然历历在目：民众纷纷涌入左卡罗广场和邻近的街道，如长龙般的革命队伍驱散了人类历史中的罪恶幽灵。难以忘却的还有起义军领袖弗朗西斯科·比利亚和艾米利亚·萨帕塔的光辉形象，他们一个是来自齐瓦瓦州的混血儿，一个是莫雷洛斯州的印第安人。两人曾在宫殿的墙裙下一起拍照留念，身旁聚集着追随他们的民众。他们骄傲地站在那里向权贵挑战，眼神中透着某种野性和勃勃英气。

这转瞬即逝的景象，无可挽留的瞬间，令人难以忘怀。

在墨西哥城,一切都必将呈现新气象。国立预科的老师,历史学家丹尼尔·科西奥·比列加斯称革命分子为"杰出的摧毁者"。他们也许并不曾给世上带来些什么,但却正是因为他们,"墨西哥上空呈现出耀眼的曙光,预示着新时期的到来。教育不再是城市中产阶级特有的权利,而以传播宗教信仰的唯一方式在墨西哥推广开来,并将好消息传遍祖国的四面八方:这个国家已从麻木中苏醒,开始阔步前进……此时,每个墨西哥人的身体里面、内心深处都涌动着对教育如饥似渴的迫切愿望。最初的大型壁画便在此时应运而生,它们如丰碑一般为今后的岁月记录下这个国家所曾历经的焦虑、苦难和希望。"

在这个遭遇了种种幻灭,被历史上最为惨烈的战争蹂躏,文化日趋贫瘠的当今世界,很难重现一九二三至一九三三年那十年间曾令墨西哥城激情万丈的思潮。在那段最为动荡的历史时期,墨西哥创造着一切,改变着一切。政治舞台上当权者交替更迭,从奉行中世纪最后宗教礼仪的波菲里奥·迪亚斯直至革命英雄拉萨罗·卡德纳斯,期间阿尔瓦罗·奥布里刚,普鲁塔尔科·埃利亚斯·卡列斯和阿道弗·德拉韦尔塔也曾短暂掌权,恰如昙花一现。

这个焦躁不安的狂热年代创造了一切,出现了种种新事物。大型壁画家在公共场所描绘凄美的美洲印第安光辉历史，以艺术为人民服务。正如米格尔·安吉尔·阿斯图里亚斯所说，壁画家才是真正"书写大革命的小说家"。在乡村地区开展的扫盲运动中，木偶剧场、露天剧场、乡间学校，以及运用波萨达手法创作的民间雕刻，都成为教育服务的载体传播艺术。新时代的火热激情蔓延到了墨西哥的各个角落。在最偏僻的山村，诸如托卢卡谷地，尤卡坦草原和索诺拉沙漠等地，原住民学校的老师们成立了纳瓦特、玛雅、雅基文化研究学院，出版报纸，编纂词典和传说故事集。质朴画——不是小教堂和油画商那里能看到的所谓的质朴画，而是乡间地头和街道市井所孕育的作品，后来也出现在海地和巴西——如庆典中的礼花般绽放开来。质朴画渗透并摧毁了正统绘画手法，以崭新的视角引入了属于自己的创作形式，通过一种前所未有的方式呈现世界，再现文化的纯洁质朴。墨西哥人民革命风潮不仅扫除了曾一度吸引现代绘画大师的野兽派和立体派的革新理念，更颠覆了希腊-罗马文化艺术，使其重新回归曾被扭曲的日常现实之中。在这里，绘画中的表现手段、符号、平衡直至透视法，皆不遵循常规的法则。

这就是迭戈一九二一年再次回到墨西哥所目睹的一切，也正是眼前的这些把他永远留在了祖国。墨西哥刚刚告别内战，仍然喘息未定、疮痍满目，迭戈却看到政治革命正告结束之时，另一革命已悄然开始。

由马德罗的激情和民众的激愤所孕育的墨西哥大革命于二十世纪二十年代终结消亡，期间经历了频繁的政局动荡和暗杀：维努斯蒂亚诺·卡兰萨在特拉克斯卡兰桐戈被支持奥布里刚的武装乱党杀害，而奥布里刚则在第二次当选总统后不久，在科约阿坎遭到狂热分子托雷尔的刺杀。在之后的革命黄金时代，各种势力都开始试图夺取政权，真正的革命分子却纷纷断送了生命：费利佩·卡里略·普埃尔托、弗朗西斯科·比利亚、艾米利亚·萨帕塔曾领导过夺取土地的战斗，但却为他们所帮助的人杀害了。而卡列斯，这个优柔寡断、摇摆不定的"大革命最高首领"，以维护一九一七年宪法为名，把墨西哥的乡村推入了最血腥残酷的种族争斗中：主张无神论、反教权的中央政府向米却肯州、哈利斯科州和纳亚里特州的天主教农民发起了战争。

迭戈逃离了惨遭战争蹂躏，地狱般阴森刺骨的欧洲。那个坟墓般的蒙巴纳斯，犹如牛头怪物弥诺陶洛斯一样吞噬了爱子的躯体，耗尽了他对安吉丽娜的爱，最后以痛苦的悲剧收场。而回到墨西哥，迭戈却看到了这里所爆发的生命力和暴力。在这种层出不穷的混沌之中，一切皆新奇不已，妙不可言：女性之胴体，混血美女吕蓓·玛兰的性感风骚，以及这个动荡年代提供的无限空间和可能。同时他也发现人们对这片土地痛楚地深深依存。印第安古老的神秘脉搏正重新跃动起来，尤其是民众异乎寻常的迫切期盼，经过如此漫长的等待，他们已经准备好，吸收一切，学习一切。迭戈·里维拉把所有这些称作"墨西哥的复兴"："尽管遭受了资产阶级知识分子及为之服务的报刊的猛烈攻击，壁画之花依旧在学校、旅店和公共建筑的墙壁上绽放开来。"

迭戈回到墨西哥，心中怀着这样的信念：这场可怕的战争让无数欧洲人断送了性命，也夺去了自己的爱子，它并非民族主义交锋的又一阶段，而是资本主义触礁罹难的征兆，预示着人类历史即将发生彻底巨变。墨西哥大革命如一场熊熊大火烧遍了墨西哥，吹响了第一声号角。一九一七年的俄国革命则为全世界带来了新的信仰和希望，预示人民的力量必将战胜资本主义时代。迭戈将一九一九年九月美国共产党的第一次宣言作为自己的信仰：

"世界即将步入新的时代。欧洲正在发生暴动，亚洲的民众开始了艰难的斗争，资本主义正在毁灭。全世界的劳动者看到了新的生活，充满了新的激情活力。战争的黑夜即将迎来新时代的光明。"①

正是在这孕育一切的非凡时刻，迭戈·里维拉重归故里，开始了在墨西哥的生活。他所目睹和经历的一切赋予了他无穷的信念和沧桑的力量。三十五岁的迭戈具有一种偶像风范，无论是他的生活方式还是行为模式，皆影响着大众。大卫·阿尔法罗·西盖罗斯、何塞·克莱门特·奥罗斯科、沙维尔·盖雷罗等画家和艺术家聚集在迭戈身旁：和迭戈一样，他们都在探寻着新的表达方式；和迭戈一样，他们也为共产主义运动所吸引。

《大刀报》是画家和雕刻家工会表达心声的机关刊物，不定期地当街分发。"大如床单，内容丰富、鲜明、血腥辛辣"（伯特伦·沃尔夫）的报纸上，画着血红色的大砍刀（50厘米×15厘米），象征着反抗大庄园主的起义农民。

每期的首页以题名方式呈现了格拉西亚·阿玛多尔的

---

① 西奥多·德雷珀，《美国共产党和苏维埃俄国》，纽约，一九七七年，第九页。——原注

诗句：

> 大刀用来砍柴，
> 用来劈开密林，
> 用来砍掉毒蛇的脑袋，清除灌木杂草，
> 无情地打消富豪的狂妄。

报纸由西盖罗斯的妻子格拉西亚于一九二四年三月创办，吸引了主张复兴社会主义的画家。迭戈·里维拉、奥罗斯科、西盖罗斯和沙维尔·盖雷罗都以资金和绘画的方式资助过该报，而胡里奥·安东尼奥·麦拉等革命作家也曾亲身参与报纸的创作。四年之后，奥尔蒂斯·卢比奥接替奥布里刚当选为总统，封锁了《大刀报》，突然粗暴地中止了该报的发行。

一九二七年的夏天，迭戈作为年轻的墨西哥共产党的中坚人物，应苏维埃政府之邀访问莫斯科。邀请来得正是时候：厌烦了吕蓓·玛兰争风吃醋的闹腾，迭戈与妻子分手，刚好趁这次旅行散心。吕蓓带着两个女儿回到了自己在哈利斯科州的老家，而迭戈则在俄国停留了好几个月，革命机器的威力、有组织的民众和阅兵仪式都让他着迷不已。作为革命发祥地的使者，迭戈在莫斯科受到了热情的接待。他为党总书记约瑟夫·斯大林绘制了肖像，他发现此人话语逻辑，滴水不漏，并具有钢铁般的意志，可与贝尼托·华雷斯相媲美。同时，斯大林的粗犷外表也深深吸引了画家。斯大林的脸膛"阴郁却热情，像墨西哥农民一样"。在前往俄国之前，迭戈曾在柏林目睹了希特勒的纳粹仪式。希特勒与苏共领袖形成了鲜明的反差。这个"可笑的小矮子"，穿着英国军官防水夹克，想让自己显得高大，千方百计地煽动同胞，蛊惑人心。

追随列宁脚步的斯大林那时仍是共产主义的真正拥戴者。尽管后来托洛斯基揭露斯大林在政治上腐败变质，背离了共产主义理想，迭戈依然对斯大林那种深得人心的形象深信不疑，认为斯大林如同华雷斯一样，是大革命思想的完美体现。

然而，迭戈的莫斯科之行却以失望告终。这位墨西哥画家为接触俄国革命民众而来到此地，却遭到封锁，无法参与任何民间活动。而关于壁画创作，人们则更偏爱恪守荒唐至极的古典主义的苏维埃画家，艺术和革命之间明显脱节。迭戈·里维拉意识到自己的艺术革新已超前于政治变革，这使他无法向传统学院派的庸俗苛求妥协，因而渐行渐远。

这就是让走出车祸惨剧阴影后的弗里达陷入爱河的男人！任何接近迭戈的人都会为他的工作能力和创作激情所倾倒。与奥罗斯科和西盖罗斯一同当选为墨西哥共产党执委会成员后，迭戈便成了持续革命的墨西哥的化身。他是个令人不安的挑衅者，爱说谎话，粗暴，报复心强。他长着奥尔麦克武士的面孔，如日本相扑者一样肥胖，极为丑陋，但却具有可怕的诱惑力。生活中的惨痛经历，在欧洲的长期磨炼，遍游西班牙、法国、英国、意大利的美术馆后所积累的大量创作，这一切令迭戈成了人们想象中墨西哥形象的化身。迭戈极其善用黑色幽默和嘲讽抨击自负的学者。他是一个真正的实干家。

从偷偷地跑到国立大学预科玻利瓦尔阶梯教室看迭戈绘制壁画开始，弗里达就一直崇拜迭戈。为了迭戈，为了勾引他，为了更好地爱他，弗里达决定自己也开始画画。当可怕的车祸摧残了她的身体，她正是以绘画的方式寻找到对抗绝望的力量。对弗里达而言，画画就是生命。对迭戈亦是如此。

一九二六至一九二八年间，国立预科大学成为青年共产主义者成长的沃土。一九二六年二月，阿尔迪奥·格瓦拉在预科学生中组织了一次募捐,为一名古巴革命青年募集从洪都拉斯前往墨西哥城的旅费。这位青年就是古巴独裁者马查多的劲敌胡里奥·安东尼奥·麦拉。这是一位口若悬河的演说家,俊美异常的浪漫主义分子。他很快便融入了墨西哥的革命运动之中,参与《大刀报》的创作,后来当选为墨西哥共产党总书记。共产党员、意大利年轻女摄影师蒂娜·莫多蒂,曾是摄影师爱德华·维斯顿的相好,后来做过遭美国驱逐后流亡墨西哥的沙维尔·盖雷罗的情妇,遇到胡里奥·安东尼奥·麦拉后成了他的情人。一九二九年一月十日,胡里奥被马查多的手下当街杀害。

胡里奥弥留之际留下"我为革命而死"的遗言,这位古巴青年悲惨地离开了人世。当时蒂娜就在身边,悲痛欲绝。厄运中发生这一切,都让弗里达坚定了为共产主义事业献身的信念。对于一九二九年的青年而言,胡里奥·安东尼奥·麦拉就如同一九六八年青年眼中的切·格瓦拉。他是赤诚纯真的革命者的完美代表,为追求正义献出了自己的生命。

蒂娜·莫多蒂和胡里奥·安东尼奥·麦拉大学是大学预科青年所崇拜的一对情侣,而弗里达在寻求融入革命的过程中,则完全受到了蒂娜的影响。对于弗里达来说,这位意大利革命女青年就是女性身心自由的理想化身,她显现着美艳、活力和对人对己的绝对真诚。弗里达原来的男友阿尔杰德罗·戈麦斯·阿历亚斯就曾说过,"在蒂娜的影响下,弗里达连衣着方式都改变了。她改穿黑色短裙和罩衫,别着蒂娜送她的镰刀和锤子样式的胸针……"①

那时,弗里达还没有像她后来在五十年代那样义无反顾地信仰共产主义。吸引弗里达的是蒂娜身上的某种形象,那种她曾梦想令自己摆脱痛苦和孤独的形象。她在蒂娜·莫多蒂的眼中看到了对爱情的不安焦虑,而在维斯顿的摄影作品中蒂娜毫不遮羞,容貌和身姿尽显了凝重和性感之美。同时,弗里达还感受到了年轻的女革命家以自己的艺术为人民服务时的满腔热情。蒂娜所拍摄的作品本身就是她充满激情、自由生活的写照。在她所拍摄的照片中,妇女们展现了饱经风霜的手部和面容,而那幅高擎革命旗帜的墨西哥妇女形象的摄影作品,成为了未来的标志。

艺术家和学生们常在蒂娜家聚会,而迭戈总是成为众人的焦点,这首先吸引了弗里达。迭戈,这个引诱者,"贪食女性"的色鬼,自然为意大利女青年蒂娜的美貌和传奇

---

① 胡里奥·安东尼奥·麦拉,《墨西哥人》,墨西哥城,一九八三年,第六十页。——原注

经历所着迷。在蒂娜家，弗里达突然又一次来到迭戈身边，与画家交谈，用阴郁闪亮的目光盯着他，吸引他的注意力。弗里达孤身一人，绝望却又如此年轻，有种特别的动人美，让人念念不忘。突然之间，弗里达处于这个城市最令人悸动的中心，感受新世界的诞生。革命有如爱情萌动，一切皆可发生。

这一切确实发生了。迭戈被弗里达深深吸引，沉醉于她眼中的爱意。她所流露的崇拜之情，均溢于言表。弗里达不同于任何迭戈认识的女性：她既没有安吉丽娜身上那种天使般的恬静，也没有玛利芙娜的神经质和野心，更不像吕蓓那样性欲十足——这种占有的本性曾让迭戈极为恐惧，令他想起自己控制欲极强的母亲。弗里达如此年轻，思想鲜明，让这个饱经沧桑，交往过诸多女性的成熟男人不禁神魂颠倒。在弗里达面前，巨魔迭戈有些像塞浦路斯国王皮格马利翁①。少女的天真无邪让他慌乱，而青春期特有的异想天开让他忍俊不禁；弗里达在痛苦中所获得的洞察力又让迭戈十分感动。吕蓓·玛兰一看到弗里达便本能地反感：这"小丫头"居然敢在玻利瓦尔阶梯教室公然挑

---

① 皮格马利翁，希腊神话中的人物，他创作一座女性雕像，并爱上了这个作品。

衅她，但同时也惊诧于弗里达对待绘画大师的那种不拘小节和嘲讽的口吻，这应是"卡楚恰"时期留在弗里达身上的痕迹。

迭戈第一次来到科约阿坎拜访卡洛一家，就像个热恋中的中学生，而弗里达则爬在树的高处，用口哨吹奏《国际歌》迎接迭戈。

然而，弗里达的"挑衅"却只是一种面具，以此掩饰自己的焦虑、渴望交流和被承认的迫切需要。当她在迭戈面前介绍自己时，不像一个仰慕画家的年轻少女，而像个工人，像个希望能扮演某种角色，在生活中有所作为，画了几幅油画的人。她对迭戈说："我不想听恭维的话，我希望得到一位严肃人士的评价。我既不是艺术爱好者，也不是行家，我只是个需要靠工作活命的女孩。"① 如她所说，她是个需要工作的女孩，因为她知道她唯一的生存机会，便是通过如镜像一般的绘画汲取食粮和养料。相反，对于迭戈而言，绘画无疑是一种征服世界的方式，可令他诱惑、触碰并获取一切。

弗里达邀请迭戈来自己家看画，她表面自吹自擂，内

---

① 迭戈·里维拉，《我的艺术，我的生命》，第一百七十页。——原注

心却战战兢兢。她在一九二七、一九二八和一九二九年画了一些素描，以及阿丽霞·卡兰，妹妹克里斯蒂娜和姐姐阿德亚娜的画像。与其说那是真正的绘画作品，不如说是她对周围人的一种发问质询，归根结底，便是探寻自己的存在价值。

迭戈突然间意识到，这个柔弱的女孩，看神情似乎异想天开，看外貌又似发育不良的孩子，其实应是一个真正的艺术家，也就是说，同自己一样。弗里达的内心同样也存在一个神秘的魔鬼，操控左右着她，将她引向绘画之路。迭戈感到，这真是太不可思议了，可他并不清楚弗里达走火入魔的程度。他表面看的是弗里达的画，可内心看见的却是"她的闺房，她的光芒四射，令他满心欢畅。"①

迭戈遇见过很多女画家：在墨西哥邂逅玛丽亚·古铁雷斯·布兰夏尔德，经她介绍认识安吉丽娜·贝洛芙；后来又结识了玛利芙娜。但他却是第一次遇到这样一位女性，与她在一起感觉如此融洽——弗里达那样的年轻，对绘画是如此急迫地需求。很明显，弗里达的绘画受到迭戈的

---

① 迭戈·里维拉，《我的艺术，我的生命》，第一百七十二页。——原注

影响：采用同样鲜明的颜色，画中人物面部也都略微侧向一边，像是流动照相师的镜头突然捕捉到的画面，显现同样的性感魅力。但同时，弗里达的画中还体现了一种坚持，一种只属于她自己的内在性。这一刻，迭戈对弗里达产生了一种无法解释的情感，任何女子还从未让他有此感觉，他对弗里达那种混杂着爱欲的赞叹、仰慕和敬重，将永不熄灭。

迭戈已有过两段人生。他讲到拿破仑一世从俄国撤军时滔滔不绝，仿佛曾身临其境；他目睹过革命和战争，遇见过毕加索、罗丹、莫迪里阿尼。这样一个巨魔，谎话大王，现代绘画的巨匠，如今却突然对弗里达一见倾心。这个少女不过在科约阿坎和国立大学预科生活过，所画的无非只是周围的朋友和从床顶悬挂的镜中看到的自己的影像。

弗里达牵着迭戈的手，带他参观父母的房子，两人谈笑风生，仿佛相识已久。

弗里达曾满心希望阿尔杰德罗·戈麦斯·阿历亚斯成为自己的未婚夫，中学起便渴望步入婚姻的殿堂。如今，迭戈完美地扮演着未婚夫的角色。他拜访卡洛一家，交谈时，弗里达的父亲透着一贯的黑色幽默警告画家："我女儿可是个隐匿的魔鬼！"

弗里达的父母背着一身债，根本拿不出嫁妆，只得勉强接受了这个能解决经济困难的未来女婿。迭戈如此深爱弗里达，甚至同意参演这场颇为滑稽可笑的闹剧。弗里达后来写道："我的父母不同意，因为迭戈是共产党。他们还说，他像个胖极了的勃鲁盖尔①。他们觉得这就像是大象和鸽子间极不般配的结合。"尽管母亲玛蒂尔德·卡洛嫌画家岁数太大，又很反感他放纵的生活作风，极力反对此桩婚事。但弗里达心意已决，不容置喙。况且，她已二十二岁，法律上已经拥有了选择的自由。再说，在这个空荡荡的家中，姐姐玛蒂塔早年私奔的阴影至今挥之不去。最终，吉耶摩·卡洛对这桩婚姻表示了同意。他以那种深刻影响了女儿的嘲讽诙谐口吻对迭戈·里维拉说："您别忘了，我女儿是个病人，而且一生都会是病人；她聪明但却不漂亮，您得好好考虑。如果您还想同她结婚，我也只能同意。"②

一九二九年八月二十一日，婚礼在科约阿坎举行。弗里达没有穿婚纱，而是向父母家中女仆借了带花点的镶边彩裙，紧腰罩衫和长披肩，一身印第安人的装扮。据《报刊》记者的报导，迭戈当天一身"美式着装"：灰色西服和长裤，

---

① 勃鲁盖尔，佛兰德斯画家。
② 海登·赫蕾拉，《弗里达传》，第九十九页。——原注

白色衬衫,手里拿着硕大的德克萨斯宽边帽。婚礼仪式在科约阿坎市政厅举行,由零售龙舌兰酒发家的市长主持。迭戈的证婚人是理发师潘切多,弗里达的证婚人则是全家人的朋友科洛拉多医生,以及迭戈昔日同窗蒙德拉贡法官。迭戈在回忆录中讲到,仪式进行的当中,吉耶摩·卡洛突然起身说道:"先生们,这一切难道不像场闹剧吗?"

随后在罗伯托·蒙德拉贡家中举行了小型的朋友聚会。突然,迭戈的前妻吕蓓·玛兰在席间现身,醋意大发地借机闹了一场。据弗里达的讲述,聚会结束时,迭戈酩酊大醉,拿出手枪朝着各样东西乱射,结果打伤了一位宾客。新婚之夜,弗里达不得不跑回父母家躲避,几天后,才回到迭戈在改革广场的家中。

这并不是玛蒂尔德·卡洛曾为女儿设想的婚礼,但却如同一场极为煽情的假面舞会,在嘲讽和诙谐中,以其特有的方式,庆祝大象与鸽子之间爱情故事的开始。自私蛮横的天才迭戈和坚不可摧的少女弗里达,这对不同凡响的夫妇将震动整个墨西哥画坛,并一同见证墨西哥现代艺术的发展。

两人世界：做壁画大师之妻

与弗里达结婚之前是迭戈绘画作品最多产的时期。一九二五至一九二七年间，画家坚持不懈地工作，在公共建筑物的墙壁上绘满了壁画时期最壮美的画作。他似乎拥有无限的创作力，永不枯竭的精力。伐斯冈萨雷斯虽不赞同迭戈的极端思想，却很赏识他的才气，遂聘用迭戈为教育部创作壁画。画家赋予了每个庭院各个不同主题，画面所呈现的墨西哥文化随建筑楼层逐层递升，渐入高潮，汇集了民间艺术和传统艺术之精髓。他一周七天都在作画，有时一天甚至画上十八个小时。如果把他因赴苏访问工程暂停的时间计算在内，迭戈在教育部工作了四年时间，一共完成了一百八十四幅壁画，绘制面积超过了五千平方英尺（约五百平方米）！

在此期间，他还开始并完成了特兹科科附近的查平哥国立农学院里的三十九幅壁画，并参与了位于库埃纳瓦卡的荷南·科尔蒂斯旧宫的修葺工程。一九二七年，迭戈完成了上述工作，便启程前往欧洲短暂旅居。

在这浩繁的壁画工程中，迭戈融入了自己最主要的思想和表现形式。他已经完全把握了自己纵横无忌的艺术创作手法，摆脱了大学预科以往壁画中仍可窥见的欧洲艺术痕迹的影响。他描绘了一些生动活泼、通俗易懂的暴力画面，展现了墨西哥人民的日常生活场景和墨西哥的历史进程。作品体现了迭戈创作时的随心所欲和才华横溢，这个在墙壁上挥毫作图的画家，宛如剧作家、建筑师或民间说书人一样引人瞩目。在教育部工作期间，迭戈研究了每个庭院的采光和透视角度，令绘画与日常生活在律动中迸发强烈的互动感，而不再局限于博物馆闭锁的空间之中。

绘画的中心主题自然是大革命。从文鲁斯帝安奴·卡兰萨在特拉克斯卡兰桐戈遇刺，继何塞·伐斯冈萨雷斯参选，到帕斯夸尔·奥尔蒂斯·卢比奥当选总统，一九二〇至一九三〇年间墨西哥政治舞台上演了一系列决定性事件的大戏。然而，在此期间，人民倍感辛酸的，是亲眼目睹由于资产阶级传统势力的争斗和革命头目的个人野心致使墨西哥革命付诸东流。迭戈的壁画呈现了农民与不劳而获者的反差，揭示了生与死的较量，展现了靠双手劳动的民众与夺取财产、摧残人民的剥削者之间的斗争。画家传达的信息简单明了，一目了然。查平哥的壁画叙述了莫雷罗斯州的历史，艾米利亚·萨帕塔率领的农民武装用自己的鲜血浇灌了这片红色土地。而查平哥农学院里《分配土地》及教育部劳工庭院中《制糖厂》两幅壁画，则反映了画家展现农民辛勤劳作以及革命威力的意愿。现在，迭戈感到已与这种劳动和力量融为一体。他把自己画在了教育部的一幅壁画中：身着粗布工作服的画家如同指挥工程的建筑师一般。尽管苏联之行让迭戈非常失望，他依然彻底拥护艺术为人民服务的首要信念。正是在这种理想的推动下，迭戈在旅居美国期间将大学预科创作中开启的壁画之风带到了那里。

迭戈利用另两处工程——国民宫大厅主阶梯的周围以及位于库埃纳瓦卡的科尔蒂斯宫殿——表达了自己对墨西哥民间文化的忠诚信仰。在迭戈的构思下，两处壁画尽显原住民族的辉煌和文化，并将文化精神的自然延续显现于华雷斯率众抵御法国侵略者的独立战争，以及民众奋起反抗剥削者和教会的革命画面之中。萨帕塔的形象很自然地占据了国民宫大厅主阶梯的顶部画面，上面书写了他的口号："土地与自由"。

在宣扬革命理想的同时，迭戈·里维拉在壁画创作中向世人展现了他对生活的信仰，对女性胴体的性感之美的痴迷。

这也许就是迭戈与弗里达最为相近之处。两人在创作中都以淫荡、粗暴，时而神秘的方式呈现女性胴体。这种艺术展现方式从某种程度上已将迭戈和弗里达引向婚姻之路，两人在科约阿坎闹哄哄的婚礼中最终结合到了一起。

迭戈在查平哥农学院的墙壁上描绘了吕蓓·玛兰的裸体像，用以象征宇宙之母的这个形象充满挑逗，一如蒙巴纳斯的橱窗中展出的莫迪里阿尼的著名裸画。在查平哥，弗里达亲眼目睹吕蓓的形象跃然墙上，这雄伟壮丽的画面令人惊骇，因为那胴体，那丰腴厚重的胯部，那种她自己永不可能拥有的母性形象，向她展现了从未感受到的生命力。

同时，这也可能是信仰浓厚色彩的迭戈最为强烈的绘画作品，而并非他在查平哥壁画中所展现的跟粗暴大兵及金钱密不可分的罗马天主教会，随时准备蹂躏裸露胴体的柔美的印第安女性，摧残琥珀色皮肤的果树种植者。迭戈所表现的是一种异教徒式的对地狱之神的原始信仰，对慷慨肥沃的大地之母的竭诚崇拜。丰腴的腹部和圆润的双乳成为大地女神永恒不变的象征，她双臂舒展横卧于天庭之中，凌驾于男性土地，统领一切。迭戈将这最古老同时也预示世界新图景的画面描绘在查平哥小教堂的背景墙上。而不久之前，那里矗立的祭坛还曾上演过可笑的献祭仪式。

这些作品引起了轩然大波，遭到了资产阶级的奚落抨击。他们拒绝接纳这些"可怕的东西"，一如他们曾经排斥马奈创作的淡然粗鄙的作品、莫迪里阿尼笔下让人惶恐的裸体画一样。迭戈这些妙不可言的作品却震撼了弗里达，深入她心灵，催促她成熟。迭戈画中那种对绝对自我的探寻以及创作到底直至彻底找到真理的意愿，与弗里达自己的追求如出一辙。

弗里达的作品并不是呈现在教育部的墙壁上或是博物馆里。她的创作是内敛的，持久的，不断追寻着与迭戈同样的向粗鄙开放的道路。弗里达并没有通过声势浩大的游行活动，公共场合的激烈煽动进行自己的绘画革命。她不具备毅然投身革命洪流的蒂娜·莫多蒂身上那种戏剧化的悲怆特质。即便迭戈·里维拉也曾将她的形象呈现在教育部的墙壁之上——画中的弗里达站在蒂娜和胡里奥·安东尼奥·麦拉身边,向工人们分发武器——然而弗里达心驰神往的却是另一种革命,它能把自己的身体从痛苦的枷锁中解救出来,孕育一种无所羁绊摆脱束缚的彻底的爱情,让自己与所心仪的理想男人和谐融洽地生活在一起。这种革命也许永远无法实现,但却能够让弗里达通过艺术形式尽情表达。恰如与迭戈一样,正是绘画,最终成为她真正唯一的革命天地。

与迭戈·弗里达结婚后的那段时间是弗里达最幸福愉悦的时光,却将以最为残酷的幻灭告终。一九二九年,她以持续的热情不断燃烧着自己的梦想。迭戈受邀到库埃纳瓦卡参与荷南·科尔蒂斯宫殿的修葺和装饰工程,同行的弗里达的梦想在那里越发炽热起来。

三十年代的库埃纳瓦卡与麦尔坎·劳瑞笔下那个阴森森的陷阱大相径庭。这个奢华且整洁的小城,聚集了因不习惯首都雾气浓重又过于阴冷的天气而躲避至此的美国富豪、艺术家和墨西哥上层资产阶级。人们依旧在为波菲里奥时期城市周围的奢华,牧场的广袤和糖业开采时代的兴旺津津乐道。大业主的统治并未因"印第安人"——富有的庄园主对萨帕塔部队士兵的蔑称——的进攻而垮台。革命浪潮已过,武装农民首领萨帕塔伤痕累累的遗体被卡兰萨的刽子手们吊在库奥特拉广场上，闹革命的印第安人满心苦楚，黯然返家。但是萨帕塔永恒不死的精神依然回荡在甘蔗田和糖厂之中，盘旋在富豪的屋宇与节庆中的村落上空。风儿袭来，印第安人仿佛仍能看到萨帕塔驰马飞奔扬起的满天尘土。

对于弗里达而言，这是她第一次走出墨西哥城，触及真正的墨西哥，踏入孕育了首次起义的印第安乡村天地。她满怀激情地与迭戈分享这次冒险。在宫殿的墙壁之上，迭戈描绘了头戴面具、身着豹皮的原住民武士将西班牙征服者献祭祖先的场面，也展现了甘蔗收割工在田间和糖厂的艰苦劳作。库埃纳瓦卡的生活多么美好：她常常漫步在充满鸟语花香的公园和繁华欢乐的市集里，迭戈画笔下的杰作又接连诞生，这一切都让弗里达有种心醉神迷，幸福至极的感觉。

正是在那时，弗里达开始在内心构想自己的革命计划。它将引导她未来的一生，成为她唯一的前途，真正的信仰。在和谐的印第安世界中，置身于依然拥有天地初开之时性感魅力的大自然中，弗里达开始筹划自己的正义之争，她的灵魂与萨帕塔的精神完美地融为一体。

与迭戈后来所称"党是我唯一的家"相反，弗里达带给他的幸福也许是迭戈脱离共产党的原因。由于弗里达的出现，迭戈现在拥有了一个真正的家。共产党中央委员会对画家迭戈为美国大使莫罗进行壁画创作，并收取其钱财颇为不满。迭戈才不在乎这些批评呢。他现在是自由身，他可以随心所欲地过自己艺术家的生活。他此时感觉比一九二九年十月更为自由。就在迎娶弗里达的两个月后，迭戈在一次政治会议上与共产党决裂，事出突然，颇具戏剧性。根据弗里达中学朋友巴尔达萨雷·托蒙多的讲述，当时身为墨西哥共产党总书记的迭戈庄严宣布将迭戈·里维拉同志开除党籍，因为此人是墨西哥小资产阶级政府的走狗画家①。在结束对自己的控告后，迭戈面带在蒙巴纳斯开玩笑时惯用的严肃神情，从兜中掏出一支泥塑手枪放在桌上，用锤子将它砸了个粉碎。

尽管充满自嘲，这次离党却令迭戈·里维拉十分痛苦。他曾为共产党出钱出力，然而墨西哥共产党的忘恩负义却让他又一次体会了曾在苏联感到的沮丧苦楚。他感到幻灭，对反抗资本主义和剥削势力的斗争失去了信心，颇有些青

---

① 迭戈·里维拉，《人物肖像》，FCE，墨西哥城，一九八六年。——原注

春逝去的悲怆之意。这次决裂也使艺术家第一次意识到，在寻找真理的道路上他终将形单影只，孤身一人。

弗里达也与共产党中那些控告迭戈的朋友断交，特别是自己曾经最为仰慕的坚定革命分子蒂娜·莫多蒂。就在迭戈被开除出党之前的九月十八日，蒂娜曾致信给爱德华·维斯顿："大家都知道政府为了引诱他，开出所有优惠条件。政府这样做就是想说明：共产党认定我们是反动派，可我们倒由得迭戈·里维拉随心所欲地在公共建筑上画镰刀和锤子，"她还无情地最终宣判，"他被视作叛徒，他确实就是。"①

在与迭戈共同生活的最初几个月，弗里达的另一个梦想便是爱情，不是迭戈同所有与之交往的女性鱼水交欢的肉欲之情——迭戈旺盛的情欲令他在同时代人中有着"公牛"的外号。弗里达渴望的是一种粗暴强烈、蛮横急迫、决不妥协的感情，这既是她的魅力所在，又构成了她的弱点，令她将胴体和灵魂一并贡献给了自己所爱的男人。

在壁画家作品多产的这段时期，弗里达却十分沉寂。她不再是科约阿坎家中为四壁所困、不断向悬于病床之上

---

① 克里斯蒂安娜·巴克豪森-卡纳勒，《蒂娜·莫多蒂的传奇与真实生活》，哈瓦那，一九八九年，第一百七十页。——原注

的镜子发问的"囚徒",也不再是个残疾人。她现在是迭戈的妻子,她陪伴画家左右,形影不离,如星辰般为他闪耀,照料、安排他的起居生活。弗里达在迭戈身边所构筑的幻想正在慢慢变为现实,好炫耀的巨人与隐没痛苦、明眸善睐的羸弱少妇紧紧地连在了一起。

在新婚的这段时间,弗里达很少作画。她为吕蓓·玛兰画了一幅肖像画,也许是想借这幅赠画摆脱吕蓓带给自己的恐惧。画中,这位贵族美女胴体丰腴,充满母性光辉,梦想天堂中的繁花密叶将她紧紧包围,令她无法脱身。这幅画如今已经失传了。她还画了一些自己与迭戈的婚礼画像,画中两人手牵着手,弗里达如此年轻娇小,身着带边饰的绿色长裙,梅斯蒂索披肩,头向旁微倾,而迭戈则高大魁梧,腰间扎着旧时脚夫所用的宽腰带,脚踩一双硕大的工作鞋。这就是弗里达心目中的夫妇合影,它将成为两人真正的身份象征,伴随他们走过分分合合,直至生死相隔。

为了取悦迭戈,弗里达甚至改变了自己的装束。她放弃了先前模仿蒂娜·莫多蒂的革命服装,不再是照片上曾经的样子:一九二九年五月一日,她一身激进分子严肃打扮,衬衣领带,束腰筒裙,梳起的发髻让她看上去如此坚定，充满青春活力，与迭戈·里维拉和沙维尔·盖雷罗并肩走在墨西哥城的街道上。

如今她换上了印第安妇女的传统服装：特万特佩克地区特华纳人的据说流传于茨冈人部落的传统边饰长裙，华斯太卡山脉瓦哈卡刺绣罩衫，米却肯州和哈利斯科州的丝质大披风，托卢卡山谷奥托米妇女穿的缎子衬衣，以及尤卡坦地区的彩色绣花上衣。

弗里达的这种转变无疑要归功于迭戈。从欧洲归来后，迭戈就游遍了墨西哥的每一个角落，只要可能，他就疯狂地挖掘曾被他忽视的文化瑰宝。迭戈曾在战火纷飞的巴黎度过了冰冷阴暗的岁月，经历过贫苦和分离。在他眼中，革命后的墨西哥却在战栗中闪烁着勃勃生机，不断地让人眼花缭乱。然而迭戈不是游客，他并不像游人那样以单纯好奇的眼光打量墨西哥，仅仅为当地的色彩和美景所陶醉。在与伐斯冈萨雷斯同游尤卡坦的旅途上，从韦拉克鲁斯返回墨西哥城的蜿蜒归途中，甚至是米却肯州雾气氤氲的山峦间，迭戈发现了印第安世界的灵魂：节日庆典和一幕幕生活场景，美丽的印第安妇女传统服装、头饰和行走方式，土著孩子的优雅举止，劳作的男人重复了几千年的动作，以及头顶层层叠叠瓦罐的脚夫，渔民，甘蔗收割者及头背装满玉米袋子的挑夫,皆展现了这种印第安灵魂。迭戈在旅途中贪婪地观察着这个鲜活真实的世界,急切地用素描记录画面。因为这才是墨西哥真正的力量,唯一的瑰宝,每时每刻都可从中迸发出革命的火花。

印第安复兴运动正是以迭戈为中心展开。曾作为模特和助手参与了大学预科第一幅大型壁画制作(在少女弗里达好奇的俏皮目光注视下)的两位痴迷热衷于西班牙征服前印第安文明的女画家,卡门·蒙德拉贡——又名纳慧·奥林,阿特尔"博士"给她起了这个非同寻常的名字,意为四次运动,是地震的征兆——和卡门·丰赛纳达,加入了一九二二年成立的著名的艺术工艺革命工会。

迭戈·里维拉坚信艺术创作必须与民间创造力、民间传说融合在一起。一九二〇至一九三〇年间,他积极地参加了民俗运动,为杂志《墨西哥民风》撰写了关于许愿绘画、质朴画像的文章,隆重而详情地介绍了龙舌兰酒酒铺①墙壁上的装饰壁画。

迭戈认为酒铺壁画是一种真正的革命性艺术——波菲里奥·迪亚斯曾制止这种表现手法,他认为任何形式的民

---

① 零售龙舌兰酒、严禁妇女入内的酒铺。——原注

间创作都是危险的。迭戈希望从这种艺术中而不是从古老欧洲的博物馆中汲取灵感，有所启迪。他要接受色彩的洗礼，而"墨西哥人首先是卓越的色彩大师"。在他看来，墨西哥民间艺术的魅力是美学革新的真正源泉。他这样写道："我曾参观过若干土坯房，有的屋中破旧不堪，极其凄惨，看上去不像房屋，更像是地洞。可就在这些地洞深处，总是能看到花朵、雕刻和绘画，或是彩纸做的装饰，所有这些汇聚成了一种祭坛，诉说着人们对色彩的信仰。"①

很久之后，他向格拉迪斯·玛尔迟吐露："我像是得到了新生，在一个全新的世界重生。"②

自一九二九年起，弗里达就决定与迭戈共同分享这个新世界，这一新生。她不再是迭戈在国民宫或科尔蒂斯宫绘制壁画时的模特，她用自己的身体演绎着革命的色彩，用色彩诉说原住民的庆典、集市、熙攘人群和民间游行。

如果说二十世纪三十年代，人们大多崇尚这种西班牙征服前原住民文化，弗里达却并没有把它当作一种时尚。对她而言，这种长久不变的服饰，是一种炫耀的装扮，一

---

① 迭戈·里维拉，《墨西哥绘画》，《墨西哥民风》，第八页。——原注
② 迭戈·里维拉，《我的艺术，我的生命》，第一百二十四页。——原注

种面具。迭戈身旁的弗里达如同从画家的一幅幅绘画作品中走出，从查平哥艾米利亚·萨帕塔身旁围绕的人群中脱颖而出，闪烁着熠熠光芒；而手捧白色百合花的弗里达，又如迭戈为阿方索·戈尔德施密特《墨西哥》一书所描绘的动人形象一般。此时的弗里达仍生活在新婚后色彩斑斓的梦想中，希望每日能和她最为崇拜，为她注入新信仰的男人时时相守，共同度过。

在墨西哥城的美术宫，弗里达看到了前哥伦布时期的艺术杰作：雕像、如钢铁般坚硬的光滑石头、镶嵌着绿松石紫水晶的面具以及宏伟壮观的浮雕。回到墨西哥后的迭戈·里维拉开始了惊人的收藏，他在外省旅游途中或是墨西哥城瓦拉多尔市集上，搜集各种西班牙征服前的艺术品：科利马的陶土小雕像，奥尔麦克地区的笑婴面具，特兹科科的无毛狗，纳亚里特的丰收神小雕像。如今，这一系列收藏品都汇聚在画家请人特别为妻子弗里达建造的阿纳华卡利博物馆①之中。

弗里达是如何发现日后成为她创作原型的那个与众不同的雕像的呢？如今，这个雕像被摆放在完美展现墨西哥

---

① 阿纳瓦克之家。——原注

艺术的花岗岩神像和斑岩巨蛇像之间，仍然不易为人察觉。在充斥着战争和死亡的阿兹特克艺术中，这个雕像是鲜有的女性形象之一，这也许就是弗里达注意到它的原因。这是一个高约四十厘米的木制小雕像，由于时间久远，木头表面已发黑。雕像表现了一位站立的女性，双臂弯曲，两手中空，置于双乳之下。脸部高高扬起，脖间绕着项链，头饰尤为精致，混杂着棉绳的头发编成辫子盘于头顶，状如花冠。雕像脸部的线条、身形和头饰，完全就像是弗里达的写照。她就像古时为墨西哥人所崇拜，象征土地和繁育的女神特拉索尔泰奥特尔，身上承载着生与死，呈现于男人的注视下。

对于迭戈·里维拉和同时期的大多数艺术家，阿特尔"博士"、鲁菲诺·塔马约、卡洛斯·梅里达、奥罗斯科、让·夏洛特、伐斯冈萨雷斯、贝里谢，以及后来的胡斯蒂诺·费尔南德斯和奥克塔维奥·帕斯来说，这个常常出现在西班牙入侵前时期的女神，却在现代墨西哥这个动荡喧闹的世界中沉睡，实在不可思议。所以，他们应以追寻前哥伦布时期的艺术力量为创作之根本。墨西哥超现实主义记者塞萨尔·莫罗在介绍一九三八年超现实主义国际展览时写道：墨西哥和秘鲁"尽管经历了西班牙的野蛮入侵，其影响至今仍挥之不去,但这两个国家却留存了数百万闪光点,应尽早的为国际超现实主义所关注,学为所用。"

然而对于弗里达,这完全不是一种文学探索。她所寻找的是自己的镜像。另一个弗里达应当尽情生活,熠熠闪光,让靠近的人都为她炫目,为此她戴上了面具,将自己的生活变成一种仪式,而迭戈的艺术则是她崇拜的对象。

这一仪式,这种炫耀,构成了弗里达绘画的另一侧面。她在作品中描绘自己的面孔和身体,以焦虑的目光打量自己,质询自己的身份,与自己所梦想的本源深深地连在了一起。

很奇怪,在与迭戈·里维拉婚后的几个月,也就是她改头换面的这段时间,弗里达的创作却是最少的。这的确很奇怪,却不无理由:迭戈先是为国民宫的壁画工作,后来又在库埃纳瓦卡度过严寒酷冬,在这几个月里,弗里达自己也成了迭戈创作的一部分,是画家活生生的作品。正如科尔蒂斯宫墙壁上的绘画,与库埃纳瓦卡山谷峦叠嶂的密林,阴郁火山笼罩下的石海峭壁,这些壮美的景色融为一体,相映成趣。而有着梅斯蒂索人一样的面孔,眉穹下黑曜岩般明眸的弗里达,穿着华服,带着闪闪发光的项链,也仿佛从壁画和画布中走出,如同一种神秘的思考,唤醒了记忆深处的种种不安和欲望。这一切在库埃纳瓦卡变得更为真实。历史在那里留下的各种痕迹比比皆是，随处可见：在马利纳尔科，古老遗迹隐秘在窸窣的丛林之中；在瓦乌特拉，石柱偶像被水泥封存于西班牙房屋的院墙里；在特波兹特克，祭拜风神的庙宇矗立山巅。当然，还有那市集中忙碌的妇女；塔斯科街道上，那怀抱蓝色鬣蜥的古铜色面孔的儿童；蔓延至谷底，轻柔起伏的甘蔗密林；道路两旁，身着白色衣袍，排队劳作，缓缓前进的农民。而艾米利亚·萨帕塔不屈的精神将永远激扬印第安之魂，鼓舞着印第安人民奋起革命，成为土地的主人。

在库埃纳瓦卡度过的几个月中，弗里达在壁画大师迭戈·里维拉耀眼的光辉下，充满了前所未有的革命之情。而在查平哥的壁画中唱诵自然辉煌美景的赞歌，在如地狱遗迹般镶嵌于天堂花园的科尔蒂斯宫的墙壁上淋漓挥毫的迭戈，也展现了前所未有的毅力、狂热和焦躁。就连第一次参观查平哥学校和库埃纳瓦卡宫的安吉丽娜·贝洛芙，纵然对迭戈依旧满腔怨恨，也"原谅了他曾经所做的一切，甚至是心底最深的遗憾，因为做大师的妻子实属不易。"[1]

---

[1] 安吉丽娜·贝洛芙，《回忆录》，SEP，墨西哥城，一九八六年，第八十六页。——原注

弗里达的革命深入内心最深处。因为在这几个月中，当迭戈在查平哥和库埃纳瓦卡创作最为震撼人心的巨作之时，弗里达第一次不顾医生的反对，决定孕育一个不可能出世的孩子。她已然以繁育女神的穿着和面孔示人，最大的愿望就是成为一位母亲。然而她却遭遇了人生最无情的打击，一个她永远无法真正接受的遗憾。充满热情、希望和工作的这几个月，令她在生活、色彩、形态和生命之舞中找到了自我，而回报她的却是自己所孕育的孩子的死亡，仿佛又把她推到了自己唯一的镜像之前。当年创作的唯一自画像表露了弗里达的心境：昏暗的暮光中，弗里达苍白的面孔棱角分明，目光中闪烁着冷漠的火星，耳际垂落奇怪的饰物——那是一对如笼子般的耳环，生活在峡谷的印第安妇女将发光的萤火虫关在那里，权作宝石。

世界都会旧金山

一九三〇年十一月十日,迭戈和弗里达乘船前往旧金山。拉尔夫·斯泰克波正在那里等待他们。正是这位雕塑家的邀请,使得迭戈·里维拉可以来到美国创作壁画。对于迭戈而言,这不是一次游山玩水,也不是短暂的途经路过。这次离开墨西哥,他并不知道何时能够重归故里。这也是他首次与一位女士同行,而在此之前,他每每都因逃避纠缠他的恋情而远走他国。

迭戈已经结束了一次冒险。一九二六年,他就接到过威廉·刘易斯·格斯特勒邀请,请他为美术学校创作壁画。现在,经历了四年人生风雨之后,迭戈知道自己与美洲亲密接触的时刻终于到来了。

这四年之中发生了诸多事件:迭戈前往苏联旅行,感受到了随之而来的幻灭；庸俗小人弗里曼嫉妒画家的自由不羁，错误地将迭戈开除党籍；圣卡罗斯学院认为迭戈的教学过于革命，罢免了他的院长职务，令画家再次遭遇了排挤。迭戈感到周围勾心斗角，处处隐藏着小阴谋和卑鄙行径。甚至那些最初站在他一边的画家朋友，奥罗斯科，西盖罗斯、让·夏洛特，如今都在批判他，嫉妒他的成就，因他拥护原住民文明而嘲笑他。一九二九年古巴革命者胡里奥·安东尼奥·麦拉之死预示着迭戈与共产党的决裂。蒂娜·莫多蒂曾是迭戈无限仰慕的女性。麦拉惨遭暗杀后，身为情妇的蒂娜被墨西哥报界指控为同谋，成为众矢之的。这种经历让蒂娜心力交瘁，痛苦不堪中她调转矛头开始攻击无视党纪、崇尚政治为艺术服务的迭戈。

对于迭戈而言，的确是离开这里，忘却这个国家的时候了。这里无休无止的政治争论对他来说已经成为一种羁绊。而最遭大家责难的，便是他的随心所欲、放荡不羁。革命势力日渐削弱，卡列斯的统治令墨西哥乡村地区惨遭宗教战争的蹂躏，野心十足的奥布里刚则造成精神上的腐败变质，这一切都让迭戈与墨西哥渐行渐远。此时墨西哥总统大选在即，角逐权力的双方一个是卡列斯的宠儿，庸人奥尔蒂斯·卢比奥，一个是作家何塞·伐斯冈萨雷斯。

后者这个昔日迭戈的保护人已然在野心的驱使下，堕落为蛊惑人心的政治新宠。

至于弗里达，她自从在库埃纳瓦卡不幸流产后便陷入了抑郁消沉。长久以来，弗里达一直梦想着旅行，离开墨西哥，前往那个她称之为"世界大都会"的旧金山。她如此期盼，最终如愿以偿。据迭戈讲述，从邮局收到蒂莫西·波弗卢吉委托他在旧金山为证券交易所创作壁画的邀请函的前夜，弗里达已经梦见自己向家人道别，启程前往"世界大都会"。对于弗里达，抑或对于迭戈，这都不是一次暂别，而是迈向新生活，进入新天地的起点。

在保险代理人和艺术收藏家爱伯特·班德的努力下，美国破例为迭戈和弗里达取消禁令，令这两位前共产主义分子可以进入美国领土。爱伯特的帮助令美国显得十分热情洋溢，他的友善之举让里维拉从一开始便欣喜若狂，兴奋不已。

迭戈和弗里达在旧金山的暂居，是真正的蜜月之旅。夫妇二人在各处都受到了热情欢迎和款待：他们住在斯塔科波尔位于市中心的小公寓，受邀参加音乐会，在大学开设讲座。迭戈感觉十分幸福，不仅因为他在这里获得了从未体验过的承认和爱戴，而且加利福尼亚也将成为他发展革命绘画的试验田。在这片乡村土地上依然留有与古老的墨西哥相关的诸多记忆，生存着它的子民，成为迭戈接触美国无产阶级的首选之地。已然逝去的灵魂和现实存在的暴力，来自世界各个角落的种族，都在这个大熔炉中汇聚，成为美国资本家汲取生产力的源泉。这里必将吹响"丰饶之角"①，在未来成为惊人的繁华之地。

弗里达就没那么欣喜若狂了。在阿瑟顿的斯特恩夫妇家中小住之后，弗里达在一九三一年五月三日给童年好友伊萨贝尔·坎波斯的信中写道："这城市美不胜收，你都没法想象。……城市和海岸漂亮极了。可我一点都不喜欢那些美国佬，他们太复杂了，所有人，特别是女人们，都长着硬邦邦的饼干脑袋。不过这里最棒的是唐人街，中国人真的很热情。我这辈子没见过比中国儿童更漂亮的小孩儿了。是真的，他们漂亮极了，我真想偷一个给你瞧瞧。"②

漩涡般的活动和工作令迭戈·里维拉深陷其中，却无法让弗里达忘却语言障碍造成的与日俱增的孤独感。正如

---

① 宙斯传说中被主神折断后赋予神力的羊角，因它能出产各种美味的食物，被称为"丰饶之角"。
② 拉克尔·蒂波尔，《弗里达·卡洛，剖开的生命》，第五十三页。——原注

她自己所说,她"英语说得很蹩脚,只会几个必不可少的常用词",无法与遇到的女性结交友谊。对于她这个喜欢社交和言语沟通的人,生活的确十分悲惨艰难。于是她把自己的孤独隐藏在华丽的外表之下:她头佩印第安首饰,身穿印第安长裙,外罩长长的墨西哥披风,十分引人注目。她在旧金山学会了张扬自己的与众不同,而此时她为自己所描绘的略带傲慢的冷漠假面,与十六岁时活力四射、好嘲弄人的神情形成了极为强烈的反差。

几个月后,迭戈·里维拉颇为偶然地遇到了自己的朋友,与蒂娜·莫多蒂分手后来到旧金山生活的爱德华·维斯顿,这位摄影师对画家夫妇作过形象生动的描述,对弗里达尤为赞赏。他写道:"她在迭戈身边就像个布娃娃,不过她只是个子小,却美丽坚强,身上并没有什么德国父亲的影子。她一身印第安人的打扮,连凉鞋都是,走在旧金山的街上吸引了不少好奇的目光。所经之处,众人都停下来吃惊地盯着她看。"①爱德华当年的动人描述,很好地体现了弗里达巨大变幻之深邃:那个明眸中闪烁挑衅目光的傲慢少女已经变成了一个华美异常的少妇。她把自己裹在

---

① 爱德华·维斯顿,《流水账》,纽约,一九六一年,第二卷,第一百九十八页。——原注

披肩之中，满身佩挂着陶土烧制、显现前哥伦布时期神像的首饰，这身华丽的服饰更像是把自己封闭在孤寂之中的盔甲。她目光中有些迷离，像是被痛苦的回忆所模糊一样。

里维拉夫妇在加利福尼亚暂居的七个月中，弗里达很少画画。就像她自己所说，她"睁大双眼"，遍游城市。旅行能让她淡忘，不是忘却自己的肉体痛苦，而是两人在离开墨西哥城时的压抑之苦，一种走投无路的感觉：胡里奥·麦拉惨死，迭戈被开除党籍，受生活困难的弗里达家人的不时骚扰，也许还有对迭戈心中挥之不去的性感风骚的前妻吕蓓·玛兰的回忆。

尽管内心孤单，迭戈和弗里达仍然情投意合，幸福依旧。弗里达为他们的庇护者爱伯特·班德创作了一幅画，很得意地表露了这种幸福之感。这是弗里达根据婚后所画的线条画创作的质朴风格的画像。画中迭戈身着一袭深色的西服套装，脚蹬一双硕大无比的高帮皮鞋，手中拿着调色板和画笔，而身旁的弗里达则披着华美的披肩服饰，显得如此娇小柔弱，的确很像个布娃娃。弗里达还画了一只白鸽，口中衔着一条飘带，上面用文字记录了她与迭戈之间单纯的幸福和真挚的爱情："这里你们能看到我，弗里达·卡洛，站在我心爱的丈夫迭戈·里维拉身旁。这幅画绘于加利福尼亚的美丽之城旧金山,献给我们的朋友爱伯特·班德先生。一九三一年四月。"

在旧金山,夫妇二人忙忙碌碌,毫无空闲,繁忙的工作让他们无暇柔情蜜意。加利福尼亚人的迎接是热情自发的,但他们也是挑剔的。迭戈的名声让他成为贵宾,不仅吸引学者,而且也诱惑着媒体。迭戈成了记者好奇和关注的焦点。从抵达之日开始,他便四处受邀,大家都想了解迭戈对一切事物的看法。二十世纪三十年代的加利福尼亚本身就是世界主义盛行的场所,而墨西哥代表的便是悠久的文化。一次迭戈和弗里达观看橄榄球比赛时,记者们请画家谈谈自己的印象。迭戈把赛场气氛与激烈斗牛相提并论,声称在这里看到了"群集艺术"的表现力。

迭戈以全新的激情在证券交易所的餐厅墙壁上挥毫作画。旧金山可谓是一扇通往美国的真正大门,他不想错过叩开此门的机会。逃离了墨西哥令人窒息的政治氛围——伐斯冈萨雷斯的落选,政治上的争权夺势,墨西哥共产党陷入了绝境——新婚燕尔的幸福让迭戈成了一个开心的年轻人,能够随心所欲地创作,凭自己的绘画赚钱。他创作的有关加利福尼亚农业劳作和丰富资源的寓意画,风格依旧十分守旧,让人更多想到的是萨托尼诺·赫兰时期的画家，而不是为查平哥和教育部绘画时那个破除传统观念的里维拉。然而，他将加利福尼亚的象征，网球冠军海伦·威尔斯以腾空跃起的飘浮形象呈现于天庭之上，则表露了画家在北美大地上期遇青春和娇美的理想。对于有些人批评他未在画中描绘阶级斗争的说法，迭戈后来在《美国印象》一书中对此作了恰如其分的回应。他认为作品内容应与绘画场所协调一致："我认为只有作品产生的效果与创作所在的建筑或大厅完全协调一致时，才堪称是一件真正的艺术品，这一点毋庸置疑。"①迭戈和弗里达通过自己的生活方式和行为，鲜明地表现出自己相对于共产主义战线的特立独行。

虽然创作因循守旧，迭戈还是不免要流露爱搞笑的癖好。他在美术学院的一幅画就引发了一场轩然大波。在这幅恰巧以壁画艺术为主题的画作中，迭戈把自己画在脚手架的中央，以背示人，巨大的屁股超过了所坐的木板边缘。这幅被视为有冒犯美国人民之嫌的壁画，在画家离开后就被遮挡了起来（如今已重见天日）。

如果说对于迭戈而言，旧金山这个"世界大都会"意

---

① 迭戈·里维拉，《美国印象》，纽约，一九三四年，第十五页。——原注

味着叩开美国大门的机会,对于弗里达,这远离自然环境的六个月孤独生活则标志着"内心化"的开始:她"睁大双眼",但探寻的却是内在的深度,寻找着现实另一端所隐藏的象征和秘密。于是,另一种真理代替了科约阿坎家中的镜子,如同童年的窗户一般,令她能够抵达属于自己的天地。她所创作的每一幅画像都诉说着一个故事,不仅通过主题,更是透过色彩、线条和布局,如同绘制还愿画一般。

弗里达有时会重画迭戈的作品,比如在为路德·伯班克所作的肖像画中,弗里达把这位植物育种专家变身成了一棵植物。弗里达在旧金山的孤寂静默中实现了这一"内在化"转变,不乏深意。因为这种孤寂恰恰能演绎为一种语言,她通过绘画语言讲述的故事,将成为她道与迭戈的独一无二的情话。

一九三一年夏天回到墨西哥城后,迭戈又继续开始国民宫壁画的紧张工作,他要修改不在场时助手完成的图画,有时甚至要擦掉后全部重画。他已经知道自己将再次奔赴美国,继续他在那无限辽阔的新世界中的探索,助推全球革命事业的进程。

可这对弗里达却是一个残酷的事实。她已见识过"世界大都会"，也体会到与青春时代所期盼的梦想之旅相比，现实更加可怕和艰难。她本能地想回归自我，找回自己的所爱，返回自己所属的这片更加温存和善意的天地：在科约阿坎她童年常见的红白房子，蜿蜒的小巷，夜晚时人满为患的广场，花园里鸟儿的啁啾鸣叫，喷泉池水的潺潺流淌，生活中嘈杂喧闹的声音，还有克里斯蒂娜的孩子的嬉笑，热恋情人的长谈，不时响起的音乐声，集市上印第安人悦耳如歌的乡音……为了弗里达，为了表明自己有多爱她，迭戈一离开让他筋疲力尽的国民宫壁画工地，就挤出时间跑去科约阿坎为小孩子、邻居、弗里达的小男友们——迭戈就这样叫他们——画素描。他们或蜷缩在角落里，或静静地坐在椅子上，面孔柔和，黑色大眼睛宛如印第安人的珠宝。当然，他还画了胡安妮塔·弗洛雷斯和自由进出科约阿坎家中的所有人。这个"宫殿"的统治者是一位极为美丽的奇特女性，在满是绘画作品和诡异雕塑的家中，她颇像个巫师。所以，就像弗里达向曾在旧金山为她看病的利奥·埃劳塞医生所叙述的那样，家乡的气味，嘈杂声，玉米卷饼和炸豆子的味道，一切都令自己恋恋不舍。弗里达给这位医生写信，仿佛向"另一端"那个唯一的朋友吐露心声，文字感人至深，言语中似已看破红尘，流露了她的孤寂，对迭戈毫无保留的爱。同时，她也讲述了自己生活在"世界大都会"中，如同一个背井离乡的印第安人堕入可怕的世界："虽然墨西哥依旧混乱不堪，每况愈下，但它仍然保持着自然和印第安人的无限之美。而丑陋的美国每天都会窃取些印第安人的这种纯美。这一切都令人伤心，但人总得吃饭，我们也无法避免大鱼吃小鱼，弱肉强食。"①

与弗里达的悲观截然不同，迭戈欣喜若狂，他认为美国将为自己的艺术带来新的经历，这里是未来世界革命的实验场所。美洲印第安人的纯美不会被资本主义的丑陋所摧毁，相反，它将释放出新的力量，绽放新的光辉：

"听我说，美洲人。当我说到美洲时，我指的是两极冰川之间的那片土地。让你们那些铁丝栅栏和边境看守见鬼去吧！

"……几个世纪以来，你们美洲人孕育了具有创造力，深深根植于这片土地的原住民艺术。如果你们想崇拜古老艺术，美洲的古艺术品便是货真价实的代表。

"在南北回归线之间，你们便可以发现古老的文明，美

---

① 海登·赫蕾拉，《弗里达传》，第一百二十七页。——原注

洲的经典艺术。对于新大陆而言，这片土地如同古希腊一般。你们无法在罗马寻觅到自己的古艺术品，却能在墨西哥找到他们的踪迹。

"拿出你们的吸尘器，摆脱那些矫揉造作的装饰附庸！清扫掉脑中那些伪传统，毫无理由的恐惧！完全做你们自己！要坚信美洲的无限可能：宣告美洲大陆的美学独立！"①

---

① 迭戈·里维拉，《我自己，我的影子，我的建筑师朋友》，Hesperian，旧金山，一九三一年。——原注

革命中的美洲

在墨西哥城度过了一个短暂的夏天之后，尽管犹豫，弗里达还是与丈夫于一九三一年十一月登上莫罗·卡斯特号轮船，启程前往纽约。这次旅行，迭戈是应底特律美术学院校长威廉·R.瓦伦丁及合伙人建筑师埃德加德·P.理查森之邀，为美术学院的花园厅廊绘制壁画。这年夏天，就在夫妇二人离开前，纽约最早的画商之一，洛克菲勒基金会的艺术顾问弗朗西斯·弗林·佩恩还为迭戈提供了另一个更为不寻常的机遇：享有盛名的现代艺术博物馆将向迭戈·里维拉敞开大门，为世人展示他的全部作品。

从旧金山回到墨西哥后，迭戈和弗里达看到自己的祖国陷入了灾难般的境地。一九二八至一九二九年间的全球经济危机自然最先冲击了贫穷国家。卡列斯抛出阴险卑鄙的法令引发了对天主教的迫害，米却肯州、哈利斯科州和纳亚里特州等中西部乡村地区遭遇了内战的践踏蹂躏，国内最富饶的地区因此深陷混乱和贫苦之中，墨西哥被一分为二①。墨西哥共产党人瓜德鲁佩·罗德里格兹与美国联邦政府拥护者勾结，企图发动政变，致使墨西哥共产党成为非法组织，并与苏联决裂；瓜德鲁佩后在杜兰戈遭到暗杀。这场针对共产主义分子的迫害活动致使一切政治生活的可能性都化为乌有。尽管声名显赫，迭戈还是感到了周围阴谋和嫉妒交织成一张大网正向他袭来，企图笼罩住他，这一切都促使他离开墨西哥，前往加利福尼亚。

正在他们手头相当拮据的时候，瓦伦丁和理查森的提议为迭戈和弗里达展现了极具诱惑的前景。当年夏天，迭戈开始在圣安吉勒修建房屋，新居由廊桥相连的两个独立小屋构成，这样夫妻二人可以各自独立生活。此外，科约

---

① 一九二六年，卡列斯出台法律，关闭了大多数教堂。随即在墨西哥中部和西部掀起了一场"基督万岁"的战争，装备原始的农民打着保卫神权-王权的旗号，与政府军展开战斗。这场激烈的战斗持续了四年时间，惨烈至极。大多数支持墨西哥革命的学者自然十分瞧不起这场战争。在他们和里维拉看来，这不过是反动分子的狂热罢了。小说家胡安·鲁尔福以此为题材进行了创作。可参考让·梅耶的《基督战争》（Gallimard，一九七三年）详细了解墨西哥的这段悲惨历史。——原注

阿坎的卡洛家，经济状况每况愈下，迭戈为了帮助岳父渡过难关，甚至不得不掏钱给他，从他手中重新"买"下科约阿坎的房产，以便让弗里达父母能够在那里安享晚年。

底特律美术学院出资一万美金，请迭戈为面积一百多平方米的花园厅廊绘制壁画。颇有谈判头脑的迭戈了解情况后，提议以每平米同样的价格，装饰花园厅廊约为一百六十三平米的所有墙壁，他将因此获得近两万美金的酬劳，学院委员会同意了他的想法。在那时，美国工人一天最低工资不过七美元，所以底特律学院的工程意味着一大笔财富，这也是画家将收到的最大一笔酬劳。

不过，金钱并非一切。

迭戈将再次来到美国，进入美洲大陆最为工业化的地区，资本主义社会的心脏，这是一个非同寻常的挑战。而对于弗里达来说，深入与祖国有天壤之别的另一个世界，虽然令她心生恐惧，但某种程度上也是一种以弱抗强、小鱼对大鱼的报复手段。

迭戈在美国的新经历毫无疑问将是一次彻底的冒险。这里吸引他的并非金钱的威力，也不是自由的希望，而是他将有可能深入到创建了人类历史上最强大工业帝国的群体之中，进入这台了不起的国家机器最为隐秘的中心，接近它的齿轮，了解它的能量之源，成为民众思想形成过程中的推动力量，用自己的艺术为酝酿中的革命服务。

正如美国第一次共产党宣言所预见的那样，这是一个正在步入"新时代"的国家。这个国家正等待着迭戈。

第一共产国际成立十年之后，查尔斯·E.鲁登堡和亚历山大·比特尔曼创建了国际共产主义美国分部。迭戈热情依旧，不减当年。在苏联，迭戈未能实现为大革命创作壁画的梦想，铩羽而归。在墨西哥，无能的掌权者实行独裁统治，奉行如葛兰西所说的"间歇性的波拿巴主义"。厄难并不能动摇迭戈的热情，削弱他的青春活力，却更让画家坚定了一个信念：本世纪的真正革命将在资本主义统治的中心地出现，在北美大陆上美国的工业闹市中发生。

迭戈曾经目睹恐怖的欧洲战争，无谓的痛苦形成惊人的浪潮，甚至将自己的孩子也湮没在因连年贫困而衰败的冰冷的巴黎。现在，他的内心深处感受到美洲大陆的革命正在呼唤他。墨西哥大革命是现代世界的第一次革命，如同一场骤然爆发的熊熊烈火席卷大地，波菲里奥政权燃成灰烬之后，上台的却是腐败政客和野心狡猾的军人构成的资产阶级。与此同时，苏联却完成了一场彻底出色的革命。弗里达还记得她所喜爱的亚历山大·克伦斯基的文章，似乎仍在描述一场即将来临的革命:"这是一个充满灵感的非凡时期,一个充满极端痛楚的无畏年代,人类历史中绝无仅有的时期。日常生活中所有无谓担忧和党派利益都从我们的意识中消失了。"①而下面这些话则将直叩迭戈的心扉:"革命是一次奇迹,是人类意志所孕育的创举,是人类迈向永恒的共同理想的壮阔历程。"

迭戈从莫斯科归来时,带回了整整几箱素描和图画,这是他对随即将至的革命的诠释。他把这些作品托付弗朗西斯·弗林·佩恩带到纽约,呈现给现代艺术博物馆的管理委员会。这并非无心之举,在迭戈看来,这些图像无疑将有益于丰富美国革命。

苏联归来后,迭戈坚信只有托洛茨基才有资格继承马克思和列宁的思想。斯大林在一九二四年的讲话中暗示他将放弃世界革命的想法,接下来又将托洛茨基流放到阿拉木图,这些都让迭戈深刻认识到,革命尚待完成。这一点在一九二九年他被开除党籍时变得更加确凿无疑。

一九三〇年,美国陷入了一场社会和思想大浩劫,一切皆有可能发生。检查总长帕默和副官 J. 埃德加·胡佛实

---

① 亚历山大·克伦斯基,《灾难》,纽约,一九二七年,第三页。——原注

施镇压，共产党人遭到了肆意的逮捕、酷刑和暗杀。尽管如此，社会革命的支持者们依旧保持着所有幻想。在墨西哥城，迭戈、蒂娜·莫多蒂和革命者维达利一道，与召集起来的意大利"懒人们"交谈，同他们一起回顾那些声势浩大的人民运动：学者和工人汇聚在一起，肩并肩地走在波士顿的大街上，为援救萨科和万泽提发起了示威游行。他们向查尔斯顿监狱拥去，试图营救"善良的鞋匠"和"可怜的鱼贩"这两个在驱逐外国共产党人行动中的受害者。迭戈长达十年的好友伯特伦·沃尔夫还向他讲述了自己被警察逮捕的经历，以及监狱里与约翰·多斯·帕斯索的邂逅。迭戈从倍受苦楚、理想幻灭的古老欧洲归来后，他一直所梦想的便是这样一个革命的美国。

迭戈的理想并不是成为政客，他甚至并不想当拥护者，他首先畅想的是完成一场美学和文化创新，实现一场视觉革命。一九三一年的夏天，墨西哥城上空雷电交加，弗里达每晚都在科约阿坎的庭院中接受暴风雨的洗礼，而迭戈却已心驰神往在那个他期盼征服的世界里。他已经清楚地知道，自己将在底特律画些什么，已然看到了创作的整体线条和形状。他设计如何在画中展现机器时代，怎样将现代社会与遥远的人类历史紧密联系。甚至在查看创作地点之前，迭戈就已经知道应画些什么。在旧金山，他向威廉·瓦伦丁吐露了自己的愿望："将奢华的造型变得富有形体美，以人类智慧、渴望和行动，不断升华大自然萃取的原料，直至完美。"①

只有在美洲大陆两个对立世界的碰撞中，迭戈才有可能进行这场他所渴望为之奋斗的视觉革命。一九二九年，在底特律壁画工程开展之前，迭戈已写下了绘画革命的宣言，作为自己创作的根本核心：

"我一直坚持认为，如果有一天美洲艺术能够存在，它将是美洲大陆中部和南部所孕育的最为远古，美妙绝伦的原住民艺术同北部工业劳动者艺术融合的产物。

"我已选定了主题，任何一个为了正义和消除阶级而奋斗不息的墨西哥劳动者都会如此选择。我以另一个角度看到了墨西哥之美，从那以后，我便尽我所能，为之发奋工作。"②

底特律的壁画完成后，迭戈在一九三二年对自己的宣言进行了补充："革命运动中迫切需要艺术的表现手法。艺术的优势在于它能够呈现一种语言，更容易为全世界的劳

---

① 迭戈·里维拉，《美国印象》，第十七页。——原注
② 《创造型艺术》，纽约，一九二九年一月。——原注

动者和农民所理解。与读书相比，一个中国农民或劳动者能够更快更容易地看懂一幅革命绘画……资产阶级正处于解体状态，它的艺术依仗欧洲艺术而存在。这一事实表明，如果没有无产阶级的创造，真正的美洲艺术将无从发展。一个国家的艺术必须是革命的艺术，这才能是好的艺术。"①

迭戈在《墨西哥民风》(第三期)中总结了自己对民间宗教绘画艺术的看法，他一针见血地指出："农民和城市劳动者生产的不仅是谷物、蔬菜和加工品，他们同样创造了美。"

一九三一年十二月二十二日星期二，盛大的画展在第五大道的现代艺术博物馆开幕。展览汇集了迭戈·里维拉的一百四十三幅画作，有些甚至是立体派之前的作品，展现了画家不断变化的创作天分。最令纽约人吃惊的是展出的活版壁画。迭戈在展览前的一个月内完成了这些创作，为此他还特地请人从墨西哥运来了石膏和筛滤过的河沙。在巴比松广场饭店举行的记者招待会上，迭戈解释了他所

---

① 《当代季刊》，纽约，一九三二年秋。——原注

运用的，是基于意大利文艺复兴艺术和西班牙征服前墨西哥艺术的壁画创作手法。他借鉴了奇琴·伊察美洲虎神庙中玛雅古画师对有限色彩的精准把握，壁画中仅仅使用了不同颜色土壤所制成的天然颜料：两种红色、两种蓝色、四种绿色，以及另外黄、白、黑、紫四色。

尽管迭戈·里维拉名声在外，展览场所也极具威望——就在迭戈画展之前，现代艺术博物馆还举办过马蒂斯作品展——这首次艺术碰撞却令画家有些失望。媒体对里维拉的作品敬而远之，甚至公开批评画家放肆无礼：那幅名为《冻结的资金》的作品凸显了资本和警察的关系，指责两者合伙维系奴役制度。《纽约时报》（周日版）发表了一篇对画家颇有微词的文章，认为迭戈所画的那些复制品，让查平哥和墨西哥城的壁画黯然失色。而在嘲讽迭戈复兴原住民艺术思想的论战中，爱德华·奥尔登·朱厄尔发表文章，将美洲印第安人的艺术贬为"篮子和毯子的文化"，同时还抨击赞助商宁可支持外国画家而非本土美国艺人的做法——有悖于因一九三〇年经济衰退致使美国政府出台的一项旨在驱逐有固定工作的外国人的法令。尽管这样，展览却在公众中大获成功，一大批纽约学者蜂拥而至。

在纽约暂居的头几个月弗里达感到十分难熬。尽管她依旧身着墨西哥长裙,佩戴传统首饰,却一直躲在体形魁梧的丈夫身后。这个粗暴肮脏的城市令她恐惧。在给医生朋友埃劳塞的信中,她把纽约比作"一个污秽的,让人不舒服的巨大鸡笼"。从旧金山时起,她就开始仇视那些美国富人,因为"成千上万的人饥肠辘辘,他们却在没日没夜地寻欢作乐。①"

必须承认,那段时期的确十分困难。尤其正值年末节庆,经济萧条的打击更显残酷。纽约的街道到处都是流浪汉,让人更多想到的是狄更斯笔下的伦敦,而不是洛克菲勒家族掌控的那个宏伟城市。报纸铺天盖地都是"称颂贫苦人"的文章,乞求公众对他们广发爱心。工人们甚至每月二百一十美元的最低工资也常常无法获取。更有甚者,成衣作坊里一些女工有的每月只挣五十美元,甚至三十美元,勉强糊口。

当迭戈忙于绘画时,弗里达就在曼哈顿的街道上散步。纽约的冬天温和多雨,弗里达却无比怀念科约阿坎光彩夺目的天空和冰冷的早晨,想念那些在街角吮吸着圣诞节手杖糖果的儿童和兜售着一品红和营养土的印第安妇

---

① 海登·赫蕾拉,《弗里达传》,第一百三十一页。——原注

女。冷冰冰的巴比松广场饭店虽然人来人往,但个个冷漠无聊。弗里达不擅英语,周围的人也就概不相识。十一月底,她在展览前夕给埃劳塞写信说道:"迭戈当然是忙得不可开交,他对这个城市很感兴趣。我虽然也是,不过我还是一如既往地只是直愣愣盯着眼前,在无聊厌烦中消磨时光。"①

她缺乏娱乐消遣。对于这个体面人的上层社会,她压根不感兴趣。纽约民众是一个抱团排外的群体,她在这儿甚至没法像在旧金山阳光明媚的大街上那样,绽放自己这朵异国奇葩的光彩。饭店地方太小,弗里达无法绘画或素描。她与迭戈的助手女画家鲁西安娜·布洛克结为朋友,两人一同去看表演,观看时下流行的节目,比如齐格菲尔德歌舞团的演出,或去影院看《弗兰肯斯坦恐怖系列片》。

三月,迭戈和弗里达乘火车前往费城观看《马力》的首场演出,这是一出由迭戈创意的芭蕾舞剧。画家设计布景,墨西哥作曲家卡洛斯·查斯维负责音乐。这其实是一九二七年的计划,一直被迭戈搁置,直到在纽约举办画

---

① 海登·赫蕾拉,《弗里达传》,第一百三十二页。——原注

展才被重新提上日程。以芭蕾舞形式展现墨西哥印第安历史和现代工业,这是画家的夙愿。对他来说,这将成为底特律壁画工程的完美启幕。不过弗里达却十分刻薄,她向埃劳塞医生抱怨,毫不留情地批评这次演出,"一群乏味的金发人扮成特万特佩克印第安人,跳起桑东加舞笨拙至极,简直像是血管里灌满了铅水。"①

事实上这已经表明了弗里达的抵触情绪。她害怕这个隔开了自己和丈夫的盎格鲁-撒克逊语国家,所以本能地处处设防。弗里达只能在内心默默承受在这个工业社会里遭遇的冲击和种种不公正,无法像迭戈一样通过创作进行情绪释放。她觉得自己被割裂,远离了自己的镜像,丧失了自己的热情之源。她比任何人都爱迭戈,为了迭戈她才同意来到这里,远离自己的家,自己的父亲和母亲,从某种角度来说,同时也牺牲了自己的艺术。她又开始盼望能有个孩子,内心做了决定却没有向迭戈透露片言只语。一九三二年四月底,迭戈决定开始底特律的壁画工程,弗里达便与丈夫一起离开纽约前往密歇根州。弗里达内心深处如释重负,因为她终于可以离开了这个令她恐惧,只得

---

① 海登·赫蕾拉,《弗里达传》,第一百三十二页。——原注

躲在迭戈身后如影子般度日的大都市。

在底特律受到的欢迎给弗里达留下了美好的印象。美术学院的瓦伦丁及助手伯勒斯热情地招待了夫妇二人。尤其是这里有很多墨西哥人，其中一大部分是工人，他们随墨西哥领事来到这里，在福特汽车制造厂工作。迭戈如同拉美文化使者一样来到此地，他和弗里达感到与侨居劳工的接触远比同纽约上层社会打交道有意义得多。

由美术学院提供、福特公司出资的一大笔工程预算，对迭戈·里维拉是一次绝妙的分享机会。这次壁画工程中，迭戈既为设计者，又是建造师，因而可以聘用一批助手、技工和小工。分享并非仅是想法，画家在底特律暂居期间充当了同胞们的庇护者，为他们提供包括金钱在内的支持和帮助，尤其是那些需要支付返乡旅费的墨西哥劳工。

迭戈在底特律成了真正的墨西哥使者。二十世纪三十年代，美国结束了对革命的墨西哥的长期封锁，总统胡佛在执政期间试图与南方这个不安分的邻国重新建立经济贸易关系。美国驻墨西哥大使莫罗先前委托里维拉对库埃纳瓦卡的科尔蒂斯宫殿进行修葺装饰，已经正式确认了画家在拉近两国关系活动中的亲善角色。面向大众的壁画，蔚为壮观,成为两国重新交好的象征。

这种和解的意愿并非毫无缘由。一九二九年十月股市行情暴跌,严重地影响了美国经济:小储户丧失购买力,借款者无力偿还债务,银行破产。接下来的一年中,银行业崩溃,成千上万的工厂关门倒闭,造成六百万工人失业。在密歇根州,特别是底特律工业区,就有近百万的失业者。他们贫困交加,流浪于各个城市,受救世军接济的流浪大军越来越庞大。酗酒和禁酒时期的强盗行径、自杀行为便是这个悲惨时期所留下的累累伤痕。

就连福特制造厂也遭受了危机的沉重打击。一九三〇年,为了维持支付工人每天七美元的最低工资,亨利和埃德塞尔父子被迫大幅度削减员工数量,提高工作强度。其他与福特相关的企业,例如布里格斯·博迪车身制造厂,则把工资降低到了每小时十二点五美分的极限①。那个时期,很多工厂劳工都没有参加工会。迭戈和弗里达来到时,底特律是一片灾难深重的景象。亨利·福特在荣格厂区不远、贫民聚集的英克斯特建造了一个新城,表明他希望通过重整贫民区,战胜危机的意愿。他的儿子埃德塞尔则在

---

① 罗伯特·莱西,《福特:人与机器》,波士顿,一九八六年,第三百零四页。——原注

妻子埃莉诺的协助下从另一条战线抗击大萧条：为了能走出绝境，福特家族开始加入抢占国外销售市场的大潮，而墨西哥在未来几年必将成为新兴汽车市场，是他们尤为关注的国家。在当今所谓的商品促销中，艺术，特别是其中的造型艺术占据重要地位，埃德塞尔也是当时最独具慧眼的工业家之一。埃德塞尔·福特与威廉·瓦伦丁会面后，决定由福特制造厂提供资金对底特律现代博物馆和美术学院进行重整，并丰富馆藏。随后瓦伦丁与迭戈在加利福尼亚见面，令画家最终得以前往底特律进行创作①。

一九三二年四月二十一日，迭戈和弗里达一下火车，立刻就被底特律热烈紧张的社会关系和工业现状交织在一起的气氛所笼罩，这与纽约附庸风雅的社交活动态势截然不同。迭戈欣喜若狂，无法自制。他整日整日跑去参观荣格厂区的设施和工人居住区，接触技师、操作工人和管理人员。他为工厂里的非凡氛围所感染，在其他任何地方，他从未感受过这样的生产力和创造力。他画了几百幅素描和草图，开始为花园厅廊设计图纸。他现在确切地知

---

① 不过根据沃尔夫的说法，这次会面纯属偶然，因为威廉·瓦伦丁其实是为追随自己爱慕的网球选手海伦·威尔斯才来到旧金山。在里维拉创作象征着加利福尼亚的壁画时，海伦为画家充当了模特。——原注

道自己需要画些什么：并不是预先说定的一面北墙，而是环绕着花园和巴洛克喷泉——迭戈很想弄走的那个"丑东西"——的整个四周墙壁，这让他想起殖民时期墨西哥城独特的古老酒店。荣格厂区赋予了迭戈·里维拉无限创作灵感，这座由钢和水泥构成的杰出建筑，代表着未来趋势，完美对应了画家对工人世界的构想。迭戈认为，"这是人类历史上无以伦比的建筑"。他在《纽约先驱论坛报》上宣布："我们这个大陆的威力、力量、能量、忧伤、荣耀和青春，一切皆展现于此。"①

福特汽车王朝的首领、老帝王亨利一世与墨西哥巨人画家之间产生了一种颇为异常的奇特友谊。迭戈在后来谈到亨利仍不乏溢美之词。迭戈十分欣赏福特，这个出身平民的决策者独自一人创建了一个延伸至巴西的汽车帝国。与迭戈一样，亨利·福特也是来自矿区的孩子，他出生在美洲大陆最为荒蛮的地区之一：直到十九世纪中叶，密歇根州一直是乡村文明和森林的分界线，就像瓜纳华托把古老的塔哈斯克人居住的农业地区米却肯州和野蛮的齐齐迈克人居住的干旱地区划分开来一样。

---

① 罗伯特·莱西，《福特：人与机器》，第三百一十八页。——原注

让迭戈·里维拉和亨利·福特惺惺相惜的，是创造的力量：原料的步步转化，向前推进的力量，铸造熔炉、机床、压力机等的强大生产力量以及沸腾的工业威力和人民大众的集体创造力，这一切都让两人感到兴奋不已。这并不是迭戈浪漫主义的看法，这是一种对未来的梦想，一种青春的沉醉。迭戈在迪尔伯恩参观了堪称工业梦想中心的博物馆，亨利·福特在那里收集了机器时代的所有典型样品，迭戈为那里聚积的"大堆废铁块"着迷不已。他在博物馆驻足欣赏，流连忘返，从早晨七点钟一直参观到凌晨一点。次日，迭戈遇见亨利·福特，交谈中洋溢着画家对全球资本主义老帝王的仰慕之情。迭戈在返回途中看到了荣格厂区和公司总部，心中不禁为自己已经着手，即将成形的草图兴奋得激动起来。

"车驶向底特律时，亨利·福特工业帝国的景象一直在我的眼前闪现。耳畔响起工厂里传出的美妙'交响乐'。那里，金属被制成了为人们服务的器具。这是一种崭新的音乐，正等待着有才华的作曲家赋予它们一种可以传递交流的形式。"①

---

① 迭戈·里维拉，《我的艺术，我的生命》，第一百八十七页。——原注

尽管之后发生变故,迭戈·里维拉却从未否认他对亨利·福特,对其创造能力以及缔造工业时代所发挥作用的敬仰之情。后来迭戈回忆这次交往时,向格拉迪斯·玛尔迟透露:"很可惜,亨利·福特是个资本家,还是世界上最富有的人之一,这让我无法毫无顾忌、随心所欲地长时间公开赞扬他……要不是这样,我真应写本书,展现我所见到的亨利·福特,他就像是个真正的诗人和艺术家,而且是那个时期最伟大的一个。"①

迭戈对亨利·福特的崇拜让他忘记或忽略了汽车大亨光环下的一个巨大污点:一九二一年至一九二四年,福特在《迪尔伯恩自由报》上发文对犹太人猛烈攻击,他视犹太人为"美洲大陆上的蚂蟥",还把纽约爵士乐的流行和激增的腐败现象莫名其妙地归罪于犹太人,称纽约是"现代巴比伦"。这些观点暴露了福特对犹太人的极端仇视。

弗里达远不如迭戈那么激动兴奋,她总想挑衅,并以此为乐。公司把他们安顿在美术学院旁边的沃德勒饭店。弗里达得知这个酒店不允许犹太人入住,于是煽动迭戈,两人以搬走为要挟,使得酒店不仅取消了这项禁令,还降

---

① 迭戈·里维拉,《我的艺术,我的生命》,第一百八十八页。——原注

低了月租。就在他们到达后不久,亨利·福特正式邀请夫妇二人在荣格河畔公平路的府邸共进晚餐。晚宴期间,弗里达趁着交谈中的一个空当儿,明确地向老人提了一个她一直想提的问题:"福特先生,您是犹太人吗?"①

迭戈与亨利·福特之子埃德塞尔之间也产生了真正的友谊,且绝不亚于跟其父之间的情谊。在整个壁画筹备期间,埃德塞尔为画师们的集体创作提供了一切便利:他聘用技师找寻颜料,还请了一名摄影师把迭戈希望融入壁画的工厂细节部分拍摄成照片。

一九三二年春天和夏天,迭戈一直忙于蜡纸的制作。这些蜡纸将覆盖美术学院庭院的墙壁,施加特定工艺后将使壁画制作呈现不可思议的效果。与此同时,弗里达度过了生命中最艰难的一段时期。她再没有理由像迭戈那样喜欢底特律的生活。对她来说,这是个无趣的城市。在给朋友埃劳塞医生的信中,她说这是个"满是窝棚的老村子"。和迭戈一样,她也挺喜欢荣格的厂房,但"剩下的又丑又蠢,和美国其他地方一样"。远离墨西哥这么多日子,她对祖国的怀念与日俱增,她想念科约阿坎那熟悉的外省氛

---

① 这是鲁西安娜·布洛克讲给海登·赫蕾拉的小趣闻。——原注

围,玉米圆饼和豆子的味道,与朋友的会面,甚至怀念父母家中凄惨的状况。弗里达知道母亲患了癌症,身体每况愈下,已经时日无多,可姐姐玛蒂塔和妹妹克里斯蒂娜谁都不给她写信,她感觉自己被抛弃了。

尽管如此,迭戈想尽办法让弗里达开心。与迭戈夫妇和画师助理团队一同前来的还有在纽约结识的一对另类的英国夫妇:约翰·哈斯丁斯子爵(即亨廷顿伯爵)和妻子克里斯蒂娜(卡斯特侯爵夫人之女,她曾是画家奥古斯都·约翰的模特)。这对古怪的夫妇在迭戈家旁租了套公寓,每晚他们都聚在一起吃饭、喝酒,畅聊至深夜。迭戈在底特律营造了蒙巴纳斯曾有过的放荡不羁的生活氛围,而瓦伦丁则在每晚聚会时查看画家的工作草图。

但弗里达并没有被迷惑。日子一天天在寂寞中过去了,她的艺术才能也因无所事事而中断。在底特律居住的大部分时间里,她都没有画画。她闭门幽居,只有肉体的痛楚才能让她保持清醒。

而且,她还给自己定下了一个完全疯狂的计划。尽管在库埃纳瓦卡经历过不幸的流产,弗里达还是决定要一个孩子。这才是她生活的全部。她前往福特医院检查左脚上的溃疡——这条腿过去曾患脊髓灰质炎,结识了克里斯蒂娜夫人的相好布拉特医生。她向医生表露了自己的焦虑。布拉特已经得知少妇过去车祸的惨痛遭遇和在医治、康复中蒙受的极大痛苦，在给弗里达体检时还目睹了她肉体上所遭受的种种创伤。除了车祸造成的可怕后遗症，弗里达还有先天畸形——她骨盆过窄，致使妊娠十分困难；血液检查又似乎说明她还患上了梅毒。布拉特医生犹豫不决，使本已可怕的状况雪上加霜。最开始，他建议弗里达趁早——当时她怀孕不到三个月——进行人工流产。对于如此渴望孩子的弗里达而言，这样的前景太残酷了，但迭戈最后还是说服了她。

五月底，弗里达在给朋友埃劳塞医生的信中描述了那段痛苦时光。她等待着一个建议，一个奇迹："鉴于我的健康状况，我想最好还是流产。我说了自己的想法，医生就给我注射了一剂奎宁和一剂海狸油强效泻药。第二天，我流了点血，几乎没什么。不管怎样，我以为已经流产，于是又去看布拉特医生。他为我做了检查，告诉我情况并非如此，他完全确定孩子还没有流掉。这时他又觉得我最好还是保住孩子，不要尝试手术流产。"弗里达已经不知道该相信谁，十分焦虑，于是向埃劳塞医生提了这个问题："我希望您能直言不讳地告诉我您的想法，因为我真不知道该怎么办了。只要是您觉得对我健康有益的,我肯定会完全照做,迭戈也是这样想的。"

这不仅仅关乎她的健康,还关系到她的独立,她的创作,她与迭戈的生活。在这个仍有一丝希望实现为迭戈生孩子愿望的紧要关头,她自己却不知道该如何决定。她独自面对疑惑,无人可以吐露心声。她给埃劳塞写道:"我真不想过多打扰您,我亲爱的医生,惹您烦恼我会多么痛苦。我跟您说话,把您当成最好的朋友,而不是仅仅把您看作我的医生。您没法想象您的意见对我有多么重要,因为这里我谁都指望不上。迭戈对我还是那么好,可我不想为这些事烦扰他。这会儿他工作繁忙,尤其需要平静和安宁。我对简·怀特(弗里达一九三一年在旧金山为他画过肖像)和克里斯蒂娜·哈斯丁斯的信任也不足以让我为这样一件关系重大,有可能让我送命的事情向他们讨教!"①弗里达做出决定很久以后才收到埃劳塞医生的回复,他同意布拉特的意见,认为应该保住孩子。

弗里达最终还是独自做出了最后决定,她要完成自己等了这么久的事情,但这的确需要一个真正的奇迹。她决

---

① 海登·赫蕾拉,《弗里达传》,第一百四十八至一百五十页。——原注

定留下孩子——如同迭戈后来在美术学院西侧门上方巨幅壁画中央所画的"呈现为胚芽,而不是胚胎的孩子,被包裹在一株植物的球茎中。植物将自己的根深深扎入肥沃的土壤"①,以此标志人类创造的开始。这个孩子将是他们的"底特律之子"。弗里达预计八月初回到墨西哥,这样就可以在科约阿坎自己家中生下孩子。

一个半月后,弗里达在密西根闷热的夏季经历了最恐怖的一幕。受迭戈所托照看弗里达的鲁西安娜·布洛克眼见弗里达流产,却束手无策。七月四日夜晚,弗里达在剧烈的痛苦中失去了自己的孩子,几乎流尽了鲜血。迭戈陪弗里达一同乘救护车前往医院,试图安慰绝望不已的妻子。接下来的日子,迭戈拿来了颜料和绘图铅笔,弗里达借助图画战胜了这次悲剧。迭戈知道这是让妻子继续活下去的唯一方法。

弗里达出院后,画了两幅油画,标志着她极具个性化创作的开始。画作以象征且又真实的方式描绘了日常生活中遭遇的事件,呈现了画者的欲望、恐惧,以及最为隐秘

---

① 迭戈·里维拉,《美国印象》,第十页。——原注

的感觉。其中一幅画中，弗里达躺在医院病床上，身边是剖腹产取出的婴儿，而另一幅画中，她则赤身平卧在一汪鲜血之中，萦绕密接的影像如噩梦般漂浮在病床上方：破损的骨盆，带有手术器械的坐浴盆，一朵兰花，一只巨大的蜗牛，一面古怪的三角旗和一个三个月大的胎儿。为创作此画，弗里达还特地让迭戈给她找来一本带插图的医疗字典。她在医院病床的立柱上刻下了这个决定命运的年月：一九三二年七月。

七月底，迭戈开始为美术学院的墙壁绘制壁画。弗里达再不能无所事事，她回到酒店，迫不及待地回归自己的角色，协助丈夫完成创作。她在恢复正常生活后不久给埃劳塞医生所写的信，很好地反映了她当时的心境，她要直面不幸，克服自己的弱点，就像一九二七年那样。她在信中写道："我亲爱的医生，我曾经多么期望自己能有个呱呱啼哭的迭基多，但现在一切都已发生，我唯有承受。"

迭戈后来在自传中谈到这次不幸遭遇，称这是"弗里达的悲剧"。

这次流产打乱了夫妻二人的全部生活。意外令弗里达越发地将自己封闭于痛苦之中，想尽办法消遣却无济于事，只有绘画能让她的生活继续坚持下去，但却将以牺牲生活中的幸福为代价。正如迭戈自己所述,从那时起"她开始创作出艺术史上一系列史无前例的杰作——她的作品绽放了女性面对真实、现实、残酷和痛苦时的坚韧品质。任何女性都无法像此时底特律的弗里达在画布上展现如此浩繁的痛苦诗篇。"①

流产后的数个星期,弗里达不停地绘画创作。画画对于她来说是摆脱现实焦虑的方式,每一幅素描,每一张画都像是她写给周围人的一封信。于是,她在《美国和墨西哥之间》的自画像中,描绘了自己身处迭戈所在的工业城市底特律,依然念念不忘心爱的墨西哥,内心被撕扯的感觉。她还画上了一些让人费解的梦幻景象,讲述了在医院中真实的恐怖经历:整齐排列、耸立于底特律中心的建筑,受精卵,如星辰般迭戈飘浮的面孔,以及哭泣的天空。

整个夏天和秋天,迭戈以一种近乎神圣的狂热为壁画的问世紧张工作。他抓紧时间,趁着夏末充足的光线奋力作画。画家以意大利文艺复兴时期画坊的工作方式组织集体创作,简直就像指挥一支交响乐队。埃德塞尔·福特先

---

① 迭戈·里维拉,《我的艺术,我的生命》,第二百零二页。——原注

后目睹了壁画的筹备和创作过程,深深为迭戈的专业精神和壁画技艺所折服。夜间,石膏工人爬上学院庭院中搭建的脚手架,从凌晨开始为墙壁铺设石膏,以便助理克利福德和鲁西安娜·布洛克可以在拂晓时分用蜡纸勾勒图样轮廓,进行最初着色。而天一亮迭戈就登上脚手架,在未干的石膏上进行最终绘图,添入阴影和深浅不同的色彩。每天,迭戈挥动着安在长木棒上的画笔,一刻不停地工作,有时独自一人一直干到深夜。

日复一日的工作孕育了奇迹般的杰作:宏伟壮大的图像慢慢呈现出来,将美术学院的墙壁演绎为颂扬人类创造力的一曲赞歌。在这座新古典主义的古老殿堂之中,每一处沉箱,每一寸空间都布满了与整个现代文明历史相关联的图画。在朝向内部阶梯的西门上方,迭戈将作为人类历史起源的婴儿画在了农业女神之间,而东门则显现了工业世界的刚性图案,为高炉风口和机械装置所环绕,与前者遥相呼应。北墙和南墙上的壁画如大型画卷般一望无际,讲述了工业时代的惊人历史:波光粼粼的河流、千年沉积的地层,滚滚电流连接了人类进程各个阶段;巨大的手掌从现实世界中提取坚硬的金属,制成含有钨、镍、钼的锋钢;炼钢高炉张开贪婪大口,如火山一般。代表人类各种族的石灰、沙土、煤炭、黄铜等元素与表现不同水平的工业、医药和军事研究的景象相互碰撞，却十分和谐地呈现于墙壁之上。作为人类永恒象征的亦女亦男的人像占据了墙壁最上方，还有劳动者僵直的大手——这些如同米开朗基罗所描绘的大手，或已做好复仇准备，或如"上帝之手"一般伸出神指。

这些壁画中的每个细部都能自成一体，形成一幅图画，而整体来看则展现出令人震撼的深度，如同敞开了一扇面向过去和未来的浩瀚历史之窗。迭戈从未完成过如此宏伟壮阔的壁画。他运用了所有绘画技巧，从古典主义一直到立体派的透视错觉，印象派——有时完全照搬移植现实中的暴力场景，精确得如摄影成像一般。迭戈成功地在美术学院庭院有限的空间里，呈现出不断创造、不畏死亡的人类在历史长河中的壮大场面，这个永不停歇的进程中充满了痛苦和欣喜，恶魔和癖好淫乐的创造天使。迭戈也从未在创作中如此投入，甚至超越了他的革命热情。他在世界最为混乱动荡的中心地带，把这一腔赤诚铭刻在这有限的创作空间之中。与弗里达心心相连的迭戈，将自己的痛苦融入了画作，创造了两人能够共同孕育的唯一结晶。

迭戈·里维拉和弗里达·卡洛在壁画落成前一周离开了底特律。记者们最初的报道，很自然反映了底特律上流社会的观点，让夫妇二人预感到风暴将至。忠诚的宗教信徒在德高望重的神父拉尔夫·希金斯和耶稣会会士尤金·保罗斯的教唆下，猛烈攻击迭戈的创作。他们认为壁画中的某些细节亵渎了宗教，冒犯了他们：在为孩子接种牛痘的画面中，画家让牛和驴子为孩子供给血清，似乎是对耶稣诞生图的嘲讽戏谑。马里格罗夫女校和天主教俱乐部等女权组织也提出抗议，认为迭戈描绘赤身裸体的女人，是对"美国女性的直接凌辱"①。除此之外，这些壁画的整体氛围更像是为工人革命奏响一曲曲颂歌，画家以紧握的拳头和红色五星等象征，展现了共产国际曾遭遇的梦魇。

壁画引起一片哗然之时，迭戈和弗里达已身在纽约。画家先前受到邀请，为无线电城，也就是未来的洛克菲勒中心的主厅进行壁画创作。离开底特律时，迭戈对所有那些曾控诉他壁画的人，留下了这样一段既伤感又自豪的话："如果你们毁掉我在底特律的壁画，我将深感痛苦，因为我

---

① 迭戈·里维拉，《充满活力的底特律》，选自阿丽霞·阿苏埃拉，《迭戈·里维拉在底特律》，UNAM，墨西哥城，一九八五年，第十卷。——原注

为它花费了一年的心血,在创作中融入了最出色的才能。不过,明天我又要开始忙于其他创作了,因为我不只是一个'艺术家',更是一个画者,我要完成绘画的自然使命。就如同一棵大树,它开花结果,年复一年,并不会为了失去自己的成果而惋惜,因为它知道在下一个季节,它仍将继续绽放花朵,收获果实。"[1]

---

[1] 迭戈·里维拉,《充满活力的底特律》,选自阿丽霞·阿苏埃拉,《迭戈·里维拉在底特律》,UNAM,墨西哥城,一九八五年,第十卷。——原注

纽约之战

一九三三年三月初，迭戈和弗里达乘火车抵达纽约。他们避开了底特律美术学院庭院内的壁画风暴，迎接他们的是纽约冬季的阵阵狂风。弗里达裹着柔软的毛皮大衣，毫无遗憾地离开了留给她这么多不幸记忆的工业城市。她回国参加了母亲的葬礼，在墨西哥城暂住了一段时间，科约阿坎家中弥漫着凄惨气氛，也不是什么开心的回忆。此外，每次开始新任务之前，迭戈总是焦急万分，也让人不安。

当迭戈还在筹备美术学院的壁画时，经佩恩女士牵线，获得了一份让他兴奋不已的邀请：为小约翰·洛克菲勒正在纽约市中心新建的文化和艺术中心，即无线电城进行装饰。最初，这项工程同时向马蒂斯、毕加索和里维拉发出邀请，但遭到了前两者的拒绝。而迭戈给中心的设计师雷蒙德·胡德写信则提出必须"没有竞争"，要求不出示标书方愿接受邀请。洛克菲勒的儿子纳尔逊买过好几幅这位墨西哥画家的作品，他的妻子艾比是一位出色且感性的高雅女士，也是里维拉的众多崇拜者之一（她甚至还请过里维拉为自己十三岁的女儿绘制肖像）。多亏了纳尔逊和艾比的努力——尽管雷蒙德·胡德颇不情愿，他本想迫使迭戈以黑白两色的油画装饰中心，画家则回应说这有可能让艺术中心被冠以"掘墓人之宫"的恶名——最终迭戈将负责工程中最大部分的创作，为中心入口处的电梯厅进行装饰，壁画面积超过一千平方英尺（近一百平方米），此项工程的薪酬为两万一千美元。

在世界最大的城市的中心，一个如此享有盛名的场所进行这么了不起的工程，这对于迭戈来说是个千载难逢的机遇。底特律的壁画还未结束时，他已经开始为纽约的创作筹划设计了。中心委员会负责选择与建筑风格相称的艺术品，定下了一个颇为壮阔的主题，立即引发了画家的无限畅想："在选择的交叉路口，人类满怀希望以更高的视角预期一个更美好的崭新未来。"无论怎样，这对迭戈来说都是新冒险的开始，这也可能是他未曾想见过的与公众的最大一次较量。

经历了底特律壁画风波，力求成为革命画家的迭戈本应吸取前车之鉴，好好思量一下洛克菲勒中心工程所隐含的某些难以捉摸的因素。在底特律，世界首富亨利·福特声名显赫，工人们的生活条件十分艰苦，然而，浩大的汽车园、实验室、向高炉输送原料的车皮等等，无不显示了创造的强大威力。在这个既现实又神奇的天地里，久远的过去和人类的未来交织在一起，只有迭戈能以近乎浪漫的方式将这样的诗篇书写出来。无需借助象征或构思，壁画描绘的机床、劳工等种种现实画面，足以显示画家的革命威力，而画面诉说的内容，也足以令底特律的反对者惊诧不已。

然而在纽约，情况大不相同。当时正处于经济危机最严峻的时期，纽约街道到处是流浪汉和无家可归者，免费施舍汤水的站点前队伍越排越长。此时兴建洛克菲勒中心——当时仍被称为无线电城，因为所有电台频道都将设在该中心内，其中还有大名鼎鼎的广播协会——可谓是一项极为雄心勃勃的规划。最初这里计划修建大都市歌剧院，该方案在一九二九年经济崩溃不久后就被弃用了。这时的确需要为这片地处曼哈顿中心的巨大地皮找到一条出路，因为当时的建设中心的成本已高达一亿二千万美元，仅租用土地一项每年就要花费三百三十万美元。幸亏小约翰·洛克菲勒将其中一部分土地转租给私营公司，从而成功脱身。洛克菲勒中心作为金钱力量的标志，将成为世界最大的资本主义建筑。对于迭戈而言，攻占这样一座固若金汤的堡垒，若非极具胆识便是极为轻率。

而且，洛克菲勒也并非等闲之辈。如果迭戈讲述过在苏联之旅中，曾看到一个工人家庭的墙上并排挂着列宁、斯大林和亨利·福特的头像。那么他对洛克菲勒这个亿万富翁可绝没有半点仰慕之情。这个财阀对人对己极为刻薄，一生仅为利益而活。他以蚂蚁式的执著，有条不紊地建立了一个庞大的商业帝国。此外，迭戈曾在墨西哥城教育部节庆内院的墙壁上绘画过洛克菲勒的肖像，用来暗讽资本主义的贪得无厌和伤风败俗。

在所有进步人士的记忆中，洛克菲勒和美孚石油公司的名字一直是与"拉德洛大屠杀"联系在一起的。一九一四年四月二十日，洛克菲勒麾下的科罗拉多州燃料及钢铁公司的民兵向罢工工人开火，造成四十名工人死亡，并导致躲避在矿区建筑中的两名妇女及其孩子被烧死。屠杀所引发的全面暴动险些演变成革命，伍德罗·威尔逊总统被迫派军队强行恢复当地秩序。正是纳尔逊的父亲小约翰·洛克菲勒着手解决了拉德洛后果严重的事件，他成了左派学者最为痛恨的右派象征。就是他，后来构思了洛克菲勒中心的蓝图。

然而，尽管弗里达有所保留，迭戈还是不顾妻子的反对接受了这项创作计划。他承接这项工程有两条充分的理由，使他可以先不去顾及形式上的政治信仰。首先，洛克菲勒中心是面向所有纽约人的恢弘浩大的公共建筑，在迭戈看来，参加中心建设的七万五千名受雇工人是这项庞大杰作的缔造者，体现了美国无产阶级的力量；此外，洛克菲勒父子邀请迭戈在大厅的墙壁上进行创作，赋予了画家书写全球历史新篇章的机会，它必将超越种种矛盾和不公正，永世流传，就像埃及或托尔特克的古老遗迹一样，在下令建造它们的暴君消亡后仍能永远留存下来。

迭戈交给建筑师胡德和纳尔逊·洛克菲勒的设计蓝图一目了然：他将通过给定的主题，突出劳动者的全新力量和进步所蕴含的无法抗拒的威力。尽管设计带有革命色彩，但却得到了建筑师和纳尔逊的首肯。底特律壁画所引发的风暴完全没有影响迭戈的名声，他受到了纽约市民热情的接待。

夫妇二人再次下榻巴比松广场饭店，住进了上次来时住的同一个套间。经过几周旅行，弗里达摆脱了科约阿坎凄惨氛围的阴影，她下定决心好好开心一下。与好友鲁西安娜·布洛克一起，弗里达随心所欲地开各种玩笑，而挖苦的对象则是上层社会的阔太太，那些"老山羊"。鲁西安娜在巴比松饭店房间拍摄的照片，让人们重又看到了那个"卡楚恰"时期面带嘲讽的弗里达：微笑中带着讥讽，眼神中透着挑衅。她装扮成中国妇女，头上戴着个灯罩般的头饰。

而总是围在丈夫迭戈身边的记者们，也是弗里达最喜欢挑逗的对象。有个记者曾问起迭戈闲暇时间最喜欢做什么事，弗里达则淡淡地答道："做爱。"① 而在来到纽约之前，弗里达还在底特律发表过一个引起轰动的声明，说自己是比里维拉重要得多的画家。弗里达与鲁西安娜·布洛克和克里斯蒂娜·哈斯丁娜一起把当地的唐人街仔仔细细地逛了个遍，她买各种小玩意儿，还乔装打扮，穿着时尚长裙，头戴三十年代流行的硕大帽子，漫步在第五大街上。事实上，她将自己内心深处的悲痛隐藏在快乐的外表下：从在底特律医院痛失自己的孩子，到经历母亲过世，忧伤

---

① 海登·赫雷拉，《弗里达传》，第一百六十三页。——原注

与日俱增，扰乱了她的生活。

现在，弗里达开始画画，高涨的创作激情与奋力为无线电城大厅绘制壁画的迭戈不相上下。她在这段时间完成了最为令人不安的几幅画作：展现自己出生的画面，像是为去世的母亲和自己夭折的孩子进行的驱魔祭祀。还有，在那幅名为《我的衣裙挂在那里》的奇怪拼贴画中，她把美国现实生活中最低劣丑陋的东西都放在其间：满得溢出来的垃圾箱，毒化空气的烟囱，立柱上过于白净的厕所座便器，而纽约城景致的前方却飘动着一条素净的印第安长裙。诗人萨尔瓦多·诺沃将这幅作品视为弗里达印第安本性的象征，是画家向工业社会发起的挑战，因为"挂在那里晾干的特瓦纳衣衫便溺一般把水撒向了整条哈得逊河"。

弗里达在纽约完成了自己最完美的画像之一：画中金色的光线形成光晕，衬得弗里达异常美丽。毫无表情的面孔宛如一张面具，却带着孤独的神秘印记。阴影衬出深陷的双眼，而黝黑的瞳孔中却闪现一抹微光。缠绕在脖间的沉重的陶制珠链，将画家与古老的美洲印第安祭祀礼仪连接在了一起。

迭戈以一种前所未有的狂热投身于壁画创作之中。洛克菲勒中心管理委员会对迭戈的苛求，与美国大兴土木的时代背景相吻合。从三月到五月，迭戈需要在两个月的时间里完成无线电城电梯厅的所有创作。壁画将在五月一日揭幕，选定这个日期对画家来说具有象征意义，他希望借此将美国与伟大的苏联革命联系起来。洛克菲勒中心提供了高额薪金，他可以聘请人员，组建一支庞大的队伍，为他准备墙壁、勾勒轮廓，帮助他兼程前进。他的助手除了鲁西安娜·布洛克，还有画家迪米特洛夫，来自于底特律美术学院的本·沙恩、卢·布洛克，以及日本人野田英夫。在布朗温和塞尔特的平庸画作之间，迭戈创作的巨大的三折画光彩夺目，表现了人类冒险的整个进程，从宗教信仰的衰落，科学技术的诞生直至消除暴政，人民掌权。

壁画中心的画面呈现了正在操纵机器的工人，位于象征着宏观世界和微观世界的椭圆焦点，周围布满了机器和为自由而战的男人和女人。壁画震颤着红色的革命氛围，显现出一种暴力和潜在的力量。

随着工程不断推进，迭戈·里维拉的真正意图显露了出来，这也是他迫不及待，拼命工作的原因。《世界电讯报》的一名记者在参观施工现场后，发表了一篇名为《里维拉描绘共产党激进的画面》的文章，发动了第一轮猛烈攻击。

他对壁画的报道引发了众人的好奇，首批观众愤怒异常。绘画尚未完成，洛克菲勒中心已然风雨欲来。纳尔逊·洛克菲勒不满地看到壁画中以暴政、警察镇压以及"腐败的金融大鲨鱼和患了晚期梅毒的妓女"①来影射资本主义，并为画家气势汹汹的寓意画所震怒。而壁画中本应展示一名工人与美国黑人、拉美农民和苏联士兵友好拥抱，四人的手紧紧相握——迭戈自己解释说这将是"未来同盟者"②的画面，然而却在最后一刻将这名工人的脸换成了列宁的面孔，这使纳尔逊忍无可忍，无法接受。如同迭戈对耶稣诞生画面的滑稽模仿曾引发底特律风暴一样，列宁的形象在洛克菲勒中心掀起了轩然大波。但这一次迭戈·里维拉被逮了个正着，无法从中脱身。

五月四日，纳尔逊·洛克菲勒写信给画家，要求他将这个"很容易便会触怒一大批人"的面孔抹去，建议他换为"无名人士"。画家感到这像是一份最后通牒摆在眼前，于是询问自己的助手和朋友："画家难道没有权力选择自己希望的模特进行创作吗？"伯特伦·沃尔夫与里维拉一样，

---

① 彼得·科利尔 & 大卫·霍洛维茨，《洛克菲勒》，纽约，一九七六年，第二百零五页。——原注
② 迭戈·里维拉，《我的艺术，我的生命》，第二百零五页。——原注

也曾经是墨西哥共产党员（他甚至还在一九二五年宣传鼓动过美国共产党），他建议画家谨慎行事，提议将列宁的面孔换成亚伯拉罕·林肯的脸，这样才能"拯救余下的创作"。但是迭戈身边的其他人向他施压，让他不要妥协退让。

在这一选择中，弗里达很可能起到了决定性的作用。出于对迭戈的爱，弗里达跟随画家脱离了共产党，但她一直忠实于革命信念，从未真正向洛克菲勒家族提出的合作让步。她对北美社会的深恶痛绝，她不接受妥协的坚定反抗无疑影响了迭戈·里维拉，因为他对妻子的抉择无比信任。就在抵达纽约后接受《纽约时报》记者安妮塔·布里诺的访问时，他就向记者承认"是妻子和马克思治好了他，使他摆脱了巴洛克时期火光四射，不切实际的幻想。"总之，他两天后给纳尔逊写了封信，以绝不妥协的激进态度驳斥了调解建议："我相信，如果人们会因为一位逝去伟人的肖像感到冒犯，鉴于他们的心理，我的壁画的整体构思同样也会触怒他们。所以，与其删改壁画，我宁可将反映构思的实体创作全部摧毁，这样至少可以保证创作精神的完整性。"①

---

① 伯特伦·沃尔夫，《迭戈·里维拉的传奇一生》，纽约，一九六三年，第三百二十六页。——原注

迭戈·里维拉为这一决定付出了巨大代价。他知道，寄出回信的那一刻起，冲突便在所难免了。但从某种意义上说，他为政治理想而牺牲自己作品的举动，也是向弗里达表达爱意的行为。在妻子身上，迭戈看到了华雷斯和萨帕塔反抗北美资本主义强权势力的精神，弗里达本身就是墨西哥英雄主义的化身。此外，迭戈也从未如此言行一致，面对洛克菲勒的压力拒绝妥协，完全遵循了他赋予壁画的意义。他认为壁画是人民拥有和掌握艺术的表现，他在一九二五年便将自己的壁画创作定义为"属于人民，献给人民的东西。①"

洛克菲勒派出武装民兵，封锁了中心的入口。里维拉预感到冲突在所难免，他不顾洛克菲勒的禁令，找人将自己的壁画拍下来——相机被鲁西安娜·布洛克藏在了衣服下面。五月九日，当洛克菲勒发动了最终攻击时，弗里达和迭戈两人还都在脚手架上，在"伟大的资本主义全权代表"罗伯逊先生的指挥下，守卫们强迫画家和助手离开，用绷在画框中的亚麻布做遮挡将壁画覆盖了起来。一块厚重的篷布封闭了大厅入口，更有骑警把守，防止周围

---

① 迭戈·里维拉，《建筑师》，系列 II，墨西哥城，一九二五年九月。——原注

人群聚集过来。迭戈讽刺道，此番架势，"就像是弗拉德米尔·伊里奇·列宁的形象一出现，整个城市，银行和证券经纪人，大楼和百万富翁的豪宅，便要遭到毁灭一般。"①

迭戈·里维拉一度希望发动舆论，支持自己的艺术创作。他四处发表讲话声明，得到了全球艺术家们的支持。他在纽约的电台节目中提出了下面这个伟大的问题："就拿下面的例子来说，一个美国百万富翁买下了绘有米开朗基罗作品的西斯廷教堂……他是不是就有权毁掉西斯廷教堂呢？"他还肯定了另一种权利，这种标志着民主的权利在墨西哥得到了真正的承认："我们必须承认，在人类的创作中，有些东西是属于全体人类的，任何个人都无权以自己是拥有者为借口，毁坏它或据为己有……"②

尽管此次创作以失败告终，迭戈并没有就此罢休。他的朋友伯特伦·沃尔夫是新劳动者学校的校长，迭戈便利用洛克菲勒基金会的拨款在学校院内复制了无线电城的壁画。如此一来，他便可以确信在世界资本主义色彩最为浓厚的城市中心，有他所留下的某些革命信息。无论前去壁画工地或参加公众示威，弗里达一直陪在丈夫身边，不离

---

① 迭戈·里维拉《美国印象》，第二十七页。——原注
② 迭戈·里维拉《我的艺术，我的生命》，第二百一十页。——原注

左右。在哥伦比亚大学,她与迭戈一起出现在讲台上,支持共产者的事业。她"笔直"地坐在那里,"像是个阿兹特克公主"①,而画家则鼓动学生起来造反:"有人说革命不需要艺术,是艺术需要革命。这不是真的。革命需要革新的艺术。艺术对于一名革命者和对于一个浪漫者的意义是不一样的。它既不是刺激物也不是兴奋剂,更不是令人沉醉的甜酒。它是滋养神经系统的养料,它是斗争的原动力,是如同小麦一般的精神食粮。②"

然而,迭戈·里维拉想象的革命却没有发生。北美又一次将画家拒之门外。历经了六个月的武装把守后,纳尔逊·洛克菲勒下令将无线电城的壁画偷偷毁掉。对此,只有墨西哥报界感到愤慨,《宇宙报》发表了名为《被暗杀的艺术》的文章。尽管作品遭到毁灭,但从某种程度上讲,里维拉却由于经历这一考验而名声大振,因为革命寓意画由此脱离了抽象的领域:无线电城大厅的画作在被毁灭的同时,却真正地融入了现实,正如画家在自己所写的《美国印象》一书中所说,"数千万人们都知道了这个国家最

---

① 海登·赫蕾拉,《弗里达传》,第一百六十八页。——原注
② "艺术和工人",《工人时代》,纽约,一九三三年六月十五日。——原注

富有的人下令销毁一个名叫弗拉德米尔·伊里奇·列宁的人的肖像,就是因为画家把他画在了壁画中。而他作为一位领袖引领了受压迫群众走向新的社会秩序,以消除阶级、组建社会,把人与人之间的爱与和平作为社会基础,而不再是战争、失业、饥饿和资本主义混乱引发的堕落衰退。"①

颇为奇怪的是,"洛克菲勒中心之战"并未增强迭戈和弗里达之间的爱情,反倒标志着两人隔阂的开始。经历了无线电城壁画创作的激昂狂热,以及与洛克菲勒家族对抗的惊涛骇浪,迭戈在之后的几个月度过了一段抑郁消沉的时期。而说到底,他意识到的正是弗里达在初到纽约时感到的那种巨大孤独感。伯特伦·沃尔夫、鲁西安娜·布洛克、桑切斯·弗洛雷斯和阿瑟·涅登朵夫作为他的朋友,人数寥寥,力量薄弱。何塞·胡安·塔布拉达为他撰稿复仇,在墨西哥报纸上对他进行支持,安妮塔·布里诺也在《纽约时报》上发表文章,但这些也都不足以让他重拾信心。

弗里达也经历了纽约暂居期间最阴郁的时刻。夏季的

---

① 迭戈·里维拉,《美国印象》,第二十七页。——原注

酷热让她难以忍受，而那只曾被车祸和手术所摧残的右脚疼痛不已，她无法随意走动。正当迭戈为完成新劳动者学校的二十一幅活动壁画而忙碌的时候，弗里达则在位于绘画工地不远的13号街租借的公寓中苦苦守候。每晚，迭戈都要在家中招待那些或为他当模特或号称教他英语的年轻妇女，与她们眉来眼去，勾搭在一起。而对于前去参观绘画工地，住在同幢大楼的年轻女画家路易斯·内凡尔森，迭戈更是毫不掩饰对她的兴趣。这位艺术家是犹太人，一八九九年出生在基辅，少女时曾叫贝利沃斯卡，与全家移民至此，之后和好友玛乔丽·伊顿成了里维拉的助手。路易斯是个离异的单身女人，弗里达马上醋意大发。后来路易斯热情洋溢地描述了迭戈，称弗里达"无限慷慨"。她在自己的回忆录《黎明和黄昏》中描述了那段纽约生活。那段光彩四射的日子，每一天都是节日，都是"有意义的"。对弗里达的描述简单明了："她很清楚自己在生活中要些什么，她也正在过这样的生活。"

迭戈这个墨西哥城和蒙巴纳斯的巨魔，性欲旺盛的贪色鬼，满口大话的虚构者，又开始恶习重演。而弗里达只是越发地感到孤独，将自己封闭在自身的痛苦之中。正因为她总能应付，也就无视困境。她时而将自己的秘密埋藏于内心，时而光彩熠熠，浑身散发魅力诱惑。她将自己的孤寂，大城市的束缚禁锢都画了出来：从窗台望见的景色、摩天大厦、方格般如迷宫一样的街道。她在用来练习壁画手法的石膏板上，画出了自己的思乡之情，遭遇的情感失落和对自己的厌恶憎恨。她在自己画像脸部周围写上了"难看，讨厌"，随后把石膏板扔到地上摔碎。这个破碎的面具，宛如遗迹上剥落的碎块，确切地体现了弗里达和迭戈那时的关系。

弗里达在布瑞沃特饭店的房间里给自己的朋友伊萨贝尔·坎波斯写信，诉说了自己处境的凄惨，对墨西哥的思念："一九三三年十一月十六日（纽约）查贝拉美女，都有一年我没有收到你的只言片语，别人的也没有，你可以想象我在这里度过了怎样的一年。不过我不想谈这些，因为即便说了我还是一无所有，没有任何事儿能安慰我……

"我在这个'美国游乐园'里成天梦想着回墨西哥，以此度日。但为了迭戈的工作，我们必须留在这里。纽约很美，但我在纽约比在底特律痛苦得多。当然，我很想念墨西哥城……昨天，这里下了第一场雪，很快就会冻得要死了……没别的办法，只能多穿几条羊毛裤，抵御大雪……哎呀，等我回来了，你得给我做上一顿丰盛的饭菜，奶酪饼配西葫芦花儿,还有龙舌兰酒,光是想想我都要流口水了。"①

她尤其怀念祖国的嘈杂热闹,人声鼎沸,墨西哥人的黑色幽默、恶意言行中都能透着的同情心,甚至杀人犯罪时的那种大笑的方式。她最鄙视纽约人的是,他们的狂妄自大、傲慢无礼,和他们那种新教徒的冷漠。几年之后,她向自己一贯吐露心事的密友埃劳塞医生直言不讳地写道:"我不喜欢美国佬,讨厌他们所有的优点和缺点,他们的生活方式,他们那令人作呕的清教主义……最让我恼火的是,在这个'美国游乐场'里,首要之事居然是得有野心,努力成为'功成名就的某个人'。说实话,我根本没有一点'成名'的野心,我鄙视他们的傲慢,我对成为'狗屎'压根不感兴趣。"②

弗里达的思乡之情中还掺杂着孤寂的苦涩。迭戈不断推迟回墨西哥的时间,因为在那里他又将面临敌对,再次遭遇勾心斗角和物质上的困难。他在新劳动者学校制作的

---

① 拉克尔·蒂波尔,《弗里达·卡洛,剖开的生命》,第五十三至五十四页。——原注
② 海登·赫雷拉,《弗里达传》,第一百七十一至一百七十二页。——原注

《美国印象》壁画之中，已把自己的政治抱负发挥得淋漓尽致，他真正成为一名革命画家，将自己对未来的视角融入了创作，展现了法西斯的威胁和全球革命的希望。他从未如此接近过托洛茨基主义。

在墨西哥，阿贝拉尔多·罗德里格斯将军昙花一现地执政后，全国人民等待着总统选举和卡德纳斯将军的上台，政治局势的未可预卜如阴云般笼罩着墨西哥。美国雇用的反动力量在杀害了麦拉之后，又谋害了塞萨尔·奥古斯托·桑迪诺。这位萨尔瓦多起义军领袖之死，让迭戈终于明白革命无法来自于生活方式近似中世纪的过于乡土的拉美国家。只有北美大陆的工人群众才能推动革命，让那些新的专制者最终臣服。

不过，面对弗里达的绝望沮丧，迭戈还是让步了。据路易斯·内凡尔森的描述，夫妇二人手头缺钱，甚至没钱购买回程票。朋友们凑钱给他们买了票，还陪他们一直上了船，以便确信他们不会把票给了别人。一九三三年十二月二十日，夫妇二人登上了开往哈瓦那和韦拉克鲁斯的"东方号"。他们用光了洛克菲勒基金会的所有拨款，而他们大部分的梦想也在流落纽约的这一年中消失殆尽。

开裂伤口的回忆

这一次迭戈重归故土与十二年前欧洲之旅后回到韦拉克鲁斯截然不同。在纽约度过的那段岁月，怨恨和幻灭交织涌现。而弗里达由于再次流产，左林格医生为她做了刮宫手术，令她的抵抗力下降，身体越发虚弱。弗里达进入了这样一个人生阶段：病痛成为她的一种依托，一种庇护，一种精神封闭的方式。阿尔杰德罗·戈麦斯·阿历亚斯早就与弗里达分手，但仍是她的顾问和知心人。她写信向这位老朋友诉说："我脑袋里布满了微小的蜘蛛，充斥着数不清的细小虫子。"①

迭戈·里维拉在继续进行国民宫的壁画工程，他没完

---

① 拉克尔·蒂波尔，《弗里达·卡洛，剖开的生命》，第五十六页。——原注

没了地创作,把墨西哥印第安文明的伟大进程一一展现:阿兹特克人建立的浩大的特诺奇蒂特兰城,以及塔拉斯克、扎包得克、奥尔密克和玛雅王朝。洛克菲勒中心那幅被抹去的壁画成了迭戈挥之不去的记忆。所以,当他受邀与奥罗斯科一同为美术宫绘图创作时,他便决定在那里重现"被谋杀的壁画",并报复性地把小约翰·洛克菲勒的形象呈现在夜总会场景中,画在了距离妓女和"性病病原体"①不远的地方。

然而,在这个自己曾如此等待、如此期盼的墨西哥,弗里达却无所适从,不知所措。突然之间,她感到折磨过她的恶魔似的孤寂、痛苦,又再次包围了自己,那种笼罩在卡洛老屋,总也摆脱不了的厄运,似乎也因母亲的过世越发清楚真切。接下来,迭戈和妹妹背叛了她,令她伤心欲绝。

弗里达流产后再次病倒,必须卧床休息,迭戈与仅比弗里达小一岁的克里斯蒂娜妹妹的偷情,可能就是从那时开始,因而有些残酷无情、令人难堪的色彩。与其他姐妹玛蒂塔、阿德亚娜或是伊索勒达相比,克里斯蒂娜更像是

---

① 迭戈·里维拉,《我的艺术,我的生命》,第二百一十三页。——原注

另一个自己。这是她童年时最爱最恨的,最为推心置腹的妹妹,是她车祸后躺在红十字医院病床上苦苦盼望却没有等来的妹妹,是她流落美国时不断写信对之倾诉的妹妹。当年弗里达大胆与迭戈搭讪后,拿给画家看的首批作品中,就有她在一九二八年描绘的妹妹的画像。克里斯蒂娜是一个十分现代的女孩,脸部轮廓细腻,皮肤比弗里达白皙。在国民宫南墙名为《今日和明日世界》的壁画中,迭戈将眼睛同样苍白无神的克里斯蒂娜画在了弗里达和父亲的旁边,他们在一同发放共产主义宣传册。

克里斯蒂娜已与丈夫分开,带着两个孩子在科约阿坎的老屋与父亲一起生活。由于其他成员都已离散,对弗里达而言,这就是家的全部。事实上,克里斯蒂娜与弗里达之间几乎没有什么共同点,只有儿时起便开始的由来已久的怨恨。过去,弗里达的聪颖、大胆和爱情生活,就曾令妹妹十分艳羡、着迷并嫉妒。这一些,现在居然促使她心甘情愿地接受迭戈的诱惑和勾引。弗里达把克里斯蒂娜的两个孩子视为己出,他们给科约阿坎冷清的老屋带来了生气。弗里达认为,曾在"大象与鸽子"结婚问题上嘲笑过画家的妹妹,是迭戈唯一不该染指的女人,应是自己在统一战线中的唯一盟友。

一九三四年的夏季，克里斯蒂娜自己向弗里达承认了私情，揭发了迭戈的不忠，弗里达像是进入了一个噩梦。父亲变得年老健忘，而自己将永远无法生育，这是一个不可逆转的事实。弗里达一下子失去了全部的一切。她本性无法忍受欺骗，于是决定打破伪装的面具。她离开了迭戈，急速坠入了孤寂之中。由于不能再面对克里斯蒂娜，她搬入了起义者大道的一所公寓，挣扎着继续活下去——她等待着，只要迭戈一个举动，一句言语，自己就会回到他的身边。弗里达的骄傲让她无法迈出第一步，来摆脱自己的不幸。

迭戈和弗里达的感情破裂，绝不仅仅是夫妻二人生活的一个插曲，它彻底打破了种种伪装的面具。在美国，弗里达在迭戈身边经历了让人眼花缭乱的别样生活。无论在底特律还是纽约，这个让她如此痛恨的盎格鲁-撒克逊语社会像是在自己周围筑起某种壁垒，令她忘却了墨西哥的现实生活。在这个充满假象的浮华堡垒中，弗里达扮演着阿兹特克公主的角色，迭戈则是她的拯救者。然而，抛开这种民间传说和她那充满了异国特色的天真，墨西哥的现实却一直存在，从未消失过。这种现实不是人们盛装打扮跳起桑东加舞的晚会，也不是呆板的纯洁主义肖像画中展现出的人们梦想中的印第安文化——这些只是大摄影师如伊莫金·坎宁安、爱德华·维斯顿、尼古拉·穆莱、洛拉，或是曼努埃尔·阿尔瓦雷斯·布拉沃等人镜头中的奢幻的影像。跨过里奥格兰德河畔尘土飞扬的河岸，在国境线的另一边，那里才是墨西哥的现实：那些灼痛记忆的苦楚，那些实实在在的伤口，那些乞讨者和受惊吓孩童眼中流露的目光。而豪门深宅的金银财宝，却如堆砌在圣体柜周围的祭品一样闪闪发光。大革命战士已沦落为流浪者，成为历史中最大的笑话。而日复一日，在漫长年月的折磨下，重担压弯了女人们的腰，磨硬了她们的双手，无望无语的生活令她们目光黯淡，如同漫漫时光中被磨损的宝石一般。

这就是弗里达为什么如此坚持重归故土的根本原因。她要重新找回这一切，因为这是她的所属，即便她很清楚迭戈与其他男人也并无不同。

迭戈对弗里达不忠，与她亲妹妹偷欢，这其实是墨西哥历史上那个时期众多女性无法摆脱的痛苦厄运。迭戈只是在弗里达身边重新上演了他自己儿时经历过的家庭悲剧。受当时习俗影响，他的父亲十分花心，常常跑到外面的"小爱巢"和情妇幽会，母亲唐玛里亚因丈夫感情出轨而一生痛苦。她曾经寻求过儿子的支持，甚至跑到西班牙找他，然而一切皆是徒劳。她最终只能在自己不幸的生活中保持沉默，仅在极少的情况下才会触及此事。比如在给迭戈和安吉丽娜的儿子小迭戈的照片上，她为长孙写下"给他第一个生日"的祝词，其中十分苦楚地提到了"为了不给孩子带来不幸"[1]自己付出的巨大牺牲及夫妻生活中所忍受的耻辱。

对于迭戈来说，这种性欲自由是必须的，它就是创作艺术的养料，是表达革命的一种方式。这绝不是模仿昔日巴黎放荡生活，也不是反资产阶级的道德败坏。对迭戈而言，追求女性胴体是根本，他需要这种与女性的交欢，这种持久的肌肤亲近，就像高更和马蒂斯一样。女性胴体之美，女模特之美，便是生命创造威力的象征，这是对抗所有知性思想和创作才能枯竭的活生生的现实。面对人类不可逆转的死亡和战争本能，迭戈所有作品都在表达对性交、生命力量以及女性美艳光彩的绝对追求。

前面曾多次谈到迭戈对女性胴体具有无法抑制的欲望，

---

[1] 安吉丽娜·贝洛芙，《回忆录》，第六十页。——原注

毫无节制地追求享乐和性交。但迭戈并非仅仅如此，他同时也是一个苦行僧。他吃得很少，只吃水果，只喝矿泉水，基本不吃淀粉类的主食和肉类食品。他是个能在绘画工地不间断工作十八个小时的男人，他乐此不疲地参加名目繁多的各种活动，似乎从不睡觉。

对于女性的胴体，迭戈首先汲取的是创作所需的形态，他如雕塑者一样满怀欣喜地描绘、显现这些美妙姿态。与马蒂斯和塞尚一样，他在女性圆润丰腴的形体，极为柔美、多情的轮廓中，找寻着用于摆脱悲惨遭遇的一种平衡方式。终其一生，他在绘画和壁画创作中表达的正是这样一种平衡。无论战争，还是穷人遭奴役，权贵逞凶暴，纷纷被底特律沉箱上所展现的蜷缩的女性形态所摧毁。女性润美的胴体，与饱满的果实，与波动起伏充满创造力的大地融为一体。任何一个画家都无法以如此的自信将男性与女性，战争与爱情，太阳与月亮的互补性呈现于世人眼前。迭戈自己的身体便是这种双重特性的典型。这个巨人肥胖光润，秀美的眼睛与丑陋的面部形成鲜明对照，外表粗暴却内心柔情。他开玩笑时，甚至都会说自己是男女一体，还会袒露胸部以示证明。

在所有作品中，迭戈都以自己所追寻的这些形态，与马蒂斯一样在对女性凝视中寻觅到的闪动跳跃的线条、纯净柔和的弧形,来反衬咄咄逼人的、强硬的北方工业王国——底特律和纽约——那些个生产武器和工具的现实工业世界。在迭戈笔下,圆润蜷缩的孩童好似奥尔密克神像;小女孩的脸庞如同光滑的玉石,眼睛宛如水滴状的黑瞳岩;海滩上特万特佩克印第安妇女赤裸着身体,皮肤闪闪发光;即便是平民妇女,她们宽阔的后背,沉甸甸的乳房,颈部到胸部那令人眩晕的美妙曲线也能激发性欲的神秘力量,在性爱的波浪中涌向高潮,迸发生命活力。

就弗里达而言,爱情是专一的。爱,如同宗教信仰一般。她不能接受与别的女人分享迭戈,特别是这个女人居然是自己的妹妹!这并不是弗里达的占有本能,而是她对与迭戈共同构建的夫妻爱情的信仰,绝不容妥协忍让。弗里达不是唐玛丽亚,也不是可怜的"寂静"的安吉丽娜·贝洛芙。她不能容忍欺骗,也不想躲避。当她明白迭戈所希望的是维持现实状态,便决定立即抗争,而她战斗的唯一方式,就是离开自己所爱的男人。

这是她一生中代价最大的决定,但弗里达已经习惯面对困境。她坚韧的性格,从儿时便饱受不幸和痛苦的刚强灵魂，同时构成了征服迭戈的力量。从相识开始，弗里达就是迭戈心中理想女性的典范，并不是因为她的身体或脸蛋，而是在她那洋溢着青春的柔弱外表的另一端，他能感受到的勇气和耐力，迭戈认为这是令女性胜过一切男子的首要美德。他最欣赏的便是弗里达的性格，这也是他最为需要的。她坚决，炽热，绝对真诚，也因此令迭戈感觉害怕，无法想象失去她的生活。在这出悲剧中，他只是跟弗里达玩了一场游戏，一场以残酷的爱情赋予生活意义的游戏，一场只有弗里达能控制、能明白，充满了诱惑和欲望的游戏。

孤独令弗里达疲惫不堪。弗里达心知肚明，远离迭戈，没有他的日子，自己将一无是处。在决裂了几个星期后，十一月二十六日，她给密友利奥·埃劳塞医生写了封信，信中满是惶恐不安："我是那么伤心，那么烦躁，等等等等，甚至都不能够画画。我与迭戈的关系日益恶化。我知道对于发生的这一切，我要付很大责任，因为我从开始就没明白他想要什么，因为我对抗的是难以避免的事情。"①

如果这是迭戈决定玩的一场游戏，对弗里达未免太残

---

① 海登·赫蕾拉，《弗里达传》，第一百八十四页。——原注

酷了。她向别人展示的是自己坚强和刚毅的外表——这是她的面具，另一层外衣，能让她更好地藏匿自己实际的真相，内心的巨伤——而她事实上很脆弱，很依赖，而且对人从不设防！迭戈的背叛，克里斯蒂娜的意志薄弱，令弗里达陷入了绝望和孤独。而最让弗里达痛心的，倒并不是因为嫉妒——她一直都反对占有欲——而是因为她曾经笃信的恩爱夫妻的关系破裂。她和这个男人至此所经历的灵与肉的结合，在她看来应如血脉般强烈和持久，如今却烟消云散，消失殆尽。

她在这封给利奥·埃劳塞医生的信中，痛苦地诉说道："现在，我们不可能再去做以前说过的事：摒除其他所有人，只留下迭戈你和弗里达我两个人——因为现在这已不足以让迭戈幸福了。"①

弗里达在绘画中倾诉自己无法用语言向迭戈诉说的心声。在她生命中最阴郁、空虚的那一年，她画了一幅纯朴风格的画，名为《只是刺了几小刀》。这幅画其实是给迭戈的一封信。她以幽默、持重的方式，诉说了迭戈的风流成性给她造成的痛苦。画中，赤身裸体躺在床上的弗

---

① 海登·赫蕾拉，《弗里达传》，第一百八十四页。——原注

里达，一头短发（她剪去了迭戈如此钟爱的长发），浑身布满被匕首刺戳的累累伤痕。弗里达·卡洛博物馆收藏了该画的草图，并作了说明：创作取材于一则花边新闻，再现了凶案的场景。一名男子站在床边，身旁是哭泣的儿子。该男子陈述自己罪行时却说："法官先生，我只是刺了几小刀，还不到二十下呢。"在那幅画的最终成品中，行凶男子站在那里，衣衫沾满鲜血，却显现了一张迭戈的面孔。

荒唐的是，迭戈在自己的回忆录中谈到克里斯蒂娜时，并没把她看作是弗里达的妹妹，权当自己的"好朋友"，试图以此掩盖自己的虚伪。迭戈漠视一切习俗和礼仪，他就像是一面变形的镜子，让他无法察觉周围人的痛苦，漠不关心得近乎可怕。这也不是迭戈第一次染指妻子的妹妹，或所谓的"好朋友"。他曾经勾引过安吉丽娜·贝洛芙视为挚友的玛利芙娜；在瓜达拉哈拉的一次旅行中欺骗了吕蓓·玛兰，和她最小的妹妹偷情，直接导致了吕蓓与自己的分手。迭戈不经意间沿袭了一个古老习俗，就是一个男人同时与姊妹几个结婚，所谓的"左手的婚姻"。他蔑视礼仪规矩，这也许是他唯一无情的地方。只有弗里达能够忍受他这种非同一般的伦理，因为她对迭戈的爱并不是一种奢侈品，而是一种需要，她爱迭戈胜过爱自己，超越了自尊，也只有女性才会这么做。

弗里达离开迭戈，孤独地生活了几个月后，决定回到迭戈身边。迭戈不无虚荣地说，弗里达这样做"大大挫败了她自己的傲气，但爱却完好无损"①。然而假面具上一旦产生裂纹，便无法弥补。从一九三五年起，尽管弗里达竭尽所能，转移其他人的注意力，令生活重归轨道，但她内心始终有"一个开裂伤口的回忆"。这也是一九三八年她一幅作品的名称，她在画中将这种回忆诠释为遍布身躯的可怕创伤。鲜血，死亡，无法摆脱的烦恼，如吃人的植物一般萦绕着她，而她眼中却流露心不在焉的神情，这些俨然成为弗里达人生的组成部分，回荡在她所有的作品中。

迭戈一边过着他放荡不羁的性欲生活，"吞噬"着所有靠近他的女人，一边不知疲倦地继续在墙壁上涂抹符号和象征，描绘令他如痴如醉的故事。弗里达知道，远离了自己的太阳，她的热情只会慢慢冷却，坠入虚无的地狱。她尝试继续活下去，于是和安妮塔·布里诺上演了疯狂的一

---

① 迭戈·里维拉，《我的艺术，我的生命》，第二百二十五页。——原注

幕，乘私人飞机直奔纽约①，逃离了伤心地。她尝试放纵自己，肆意与其他男人调情，任凭别人在外面传布她的同性恋经历。

大概是路易斯·内凡尔森的介绍，一九三六年弗里达结识了野口勇。这个日美血统的雕塑匠是个身无分文的浪漫艺术家。他曾为纽约上层社会的名流塑像，为画家何塞·克莱门特·奥罗兹科创作过头像。在墨西哥城，他还为阿贝拉尔多·罗德里格斯制作过砖和水泥的浅浮雕，并在那里结识了迭戈和弗里达。弗里达很可能是想借助野口勇激起迭戈的嫉妒心，就像后来她与尼古拉·穆莱和托洛茨基一样。不过，夫妻的分离无可挽回，两人堕入了绝情的深渊。弗里达一九四七年二月所画的一幅作品，触目惊心地揭示了少妇多年的痛苦，无可救药的孤寂，失去迭戈后的异化内心。图中，弗里达画了一个迭戈用来形容她的阴阳符，表明她与迭戈分享的你中有我、我中有你的双重性欲，旁边是弗里达的一个面具，前额长着一只能够识别痛苦的眼睛，遭受悬挂面具的拷问架上喷射而出的根须的打击、撕扯，受尽折磨因而窒息。她把这个面具画在了自

---

① 海登·赫蕾拉的说法，《弗里达传》，第一百八十六页。——原注

己的坟墓旁,墓志铭上写着:

> 毁灭!
> 小鸟之屋宇
> 爱情之巢穴
> 一切都是空

弗里达在这段时间创作了那些最为暴力的图画,近乎痛苦的呼喊,而不是成形的构思,仍然很像还愿画中生硬露骨的图像。画中,童年和死亡如影随形,像是一种必然的联系,却让人难以忍受。之前,迭戈就曾画过弗里达科约阿坎的玩伴,早年夭折的小弟弟迪马斯。画中睡在长姐德尔菲娜怀中的小弟弟,在弗里达眼中就是墨西哥悲剧的化身。而在弗里达的画笔下,弟弟身着豪华裙饰躺在那里,头上戴着用纸做成的荒唐可笑的锥形皇冠,就像是西班牙征服前宗教仪式的祭品,以此嘲讽地象征儿时经历的君主制。

弗里达画中的其他儿童,徘徊于死亡边缘,对成人世界进行着探问。弗里达一九三八年创作的《墨西哥城的四个居民》,与迭戈的另一幅画《带着死亡面具的孩子》遥相呼应。为了驱散自己失去爱情的孤独和痛苦，弗里达描绘了一些驱魔仪式，其中的鲜血、伤痕表示了施加在她身上的精神折磨。弗里达的作品中，时刻萦绕心中的精神自残，几近疯狂的恐惧场景，表达得淋漓尽致:《两个弗里达》中被割断的血管，《心脏》中带刺的项链和被扯出的心脏，是她倾述痛苦的无声故事，她以这些貌似镇定的血淋淋现实，探寻着迭戈迷失的目光，令当时的观者望而生畏。

一九三八年底，美国杂志《名利场》记者克莱拉·布思·卢斯请弗里达作画，纪念刚刚自杀身亡的朋友多萝西·黑尔。这位女演员从纽约一栋大楼的窗户一跃而下，结束了自己的生命。而弗里达在画中描绘的，很可能是她与迭戈分手、逃离墨西哥城后陷入绝望时曾想象过的自杀场面。画中，女演员身着晚礼服躺在地上，胸口还握着一束野口勇送给弗里达的玫瑰花，如同最后的祭品。而这幅画的残忍之处，则是多萝西脸上淌着的鲜血一直流到了画框上，令订画者克莱拉看后不寒而栗。弗里达只是借助真相的破坏力描述事情：一个形单影只、身无分文、未来无望的女人结束自己的生命，这样的景象会让所有人感到局促不安，无所适从。

在这段痛苦的日子里，所有一切都是弗里达释放痛苦感受的机会。她第一次描绘了被剥去外皮，将果肉暴露在无情光线下的开裂的水果，就像一九三七年所画的那些仙人掌果实，将作为受伤女性的象征，不断出现在弗里达以后的创作之中——迭戈在她的影响下也进行过类似创作。弗里达通过绘画描述自己的生活，作品越来越奇怪。例如一九三八年所画的《水之赐予》：画中，浴缸里一双被浸没的双脚旁漂浮着一些幻觉的图像，有她对神奇历史的信仰，对吮吸妈妈纯乳的信仰。那非凡神奇的奶汁一滴滴落入口中，如同一九三七年所画的《乳娘与我》中所呈现的一样，将她与美洲印第安人的宇宙永恒地连接在一起。

于是，绘画成为弗里达的一种需求，这是她经历与丈夫分手后能够继续活下去的唯一理由。但即使借助艺术驱除不幸，也无法磨灭残酷事实，一九三九年底，当弗里达从巴黎归来时，迭戈提出了离婚。随着夫妻关系的彻底毁灭，一切将化为乌有。

爱情革命

迭戈和弗里达双双精疲力竭。多年不停的争斗，与日俱增的不安和焦虑，令两人不胜其烦。迭戈提出离婚，是希望最终结束这种动荡不安的生活，解除这个已成为他性欲牢笼的婚姻契约。两人的冲突变成了生活中最大的现实，唯一的真实故事，使他们身心俱疲。爱情、婚姻，随之而来的对抗，这一切只因主宰宇宙的阴阳两大原动力无法共存。而做不到像阿兹特克神话中，奥梅特库特利和奥梅齐华特尔交汇于同一躯体之中，男女合身为一体，成为地球上所有生命的起源。迭戈即使在决定与弗里达分手之时仍未明白这一点。而审慎的弗里达，因有在她前额开启的第三只痛苦之眼，从一开始便已知晓。在她的眼中，世界一直都是一分为二的：如同黑夜与白昼，月亮与太阳，水与火，梦想与现实，以及子宫母细胞与如刀杀人般残暴的生殖细胞。这些弗里达都看得一清二楚。她带着一种超乎常人的先知先觉和歇斯底里的执着，本能地诉说着这一切。

迭戈和弗里达都是画家，而非学者。他们的思想存乎于指尖，藏乎于目光。他们并非驾驭概念或象征，而是用自己的身体去感受，如同跳一支舞蹈，进行一次性爱，随后将之倾注于画布。迭戈"成为众人焦点"的本性让他在感情上误入歧途，欲想征服一切。

迭戈像个饕餮的巨魔，他残暴，好嫉妒，希望独占所有。与他相左的却是弗里达的距离感，爱幻想，喜好孤独，以及几乎终生伴随的痛苦。她对痛苦的恐惧，其实也是对享乐的恐惧。这一切皆蕴藏在万物本源之中，也就是社会——无论是墨西哥社会、印第安社会、拉丁社会，还是基督教社会——法则的现实之中，存在于时而罪恶的残酷游戏中。男性决心通过暴力征服一切，折磨压榨他人，从恶与泪中获取某种享受；而女性则被迫要依赖别人，遭遇痛苦和孤独，却同时注定能洞察一切，对危险和痛苦有着本能的感知。

迭戈和弗里达的战争从一九三五年便已开始，一直持续到一九四〇年。这绝不只是一则单纯的趣闻轶事，如同交替上演危机、和解和谎言的夫妻间的闹剧。这是一个具有象征意义的故事，主人公真正置身于舞台之上，演出了一场爱情游戏，其间掺杂着"征服者之舞"——这是整个美洲印第安世界中最重要的民间仪式——的动作和脚步，呈现的正是秘鲁名言所说的"失败者被征服，征服者亦失败"。

对峙结束后，迭戈和弗里达都将彻底改变，他们的生活将不再如前：既然期望并不足以改变社会，那么必然只能自己洗心革面。

列·托洛茨基和安德烈·布勒东正是在迭戈与弗里达拉分手时，出现在夫妇二人的生活里。在这样一场冒险中，他们扮演的角色并非无足轻重。一九三六年，欧洲经历了巨大的革命动荡，人民群众力量空前高涨。特别是在西班牙，局势尤为紧张。五月三日，工人们在巴塞罗那起义，由此开始了可怕的内战：屠杀民众，叛变，暴力解决争端……弗里达陪伴迭戈左右，参加了所有支持西班牙共和主义者的游行活动。她重拾了青年时期的决心，再次展现严肃的面孔，眼中又闪出一九二九年五月一日与迭戈、沙维尔·盖雷罗以及画家和雕塑家工会成员一起在墨西哥城大街上游行时的炽热目光。一九三四年,墨西哥发生了共产主义者与金衫派(一个貌似法西斯的组织,有可能受到美国国务院支持)之间的政治危机。随后,在经济危机的冲击下,全国各地掀起激烈的罢工运动,持续了一九三五年整整一年时间。这些,都使迭戈和弗里达又走到一起,在革命理想的指引下重归于好。

一九三七年一月九日,列·托洛茨基携妻子塔莉娅·赛多娃在坦皮科港口扑面而来的热带气浪中走下了"鲁思号"油轮。弗里达受迭戈之托,代表丈夫前来迎接这位流放者,而科约阿坎卡洛家族居住的老屋也成了托洛茨基的避难所。

对于弗里达和迭戈,与托洛茨基的初次接触是美妙兴奋的。托洛茨基遭到斯大林密使的满世界追杀,挪威政府将他驱逐出境,罗斯福又禁止他在美国领土上停留。托洛茨基像是饱受磨难的共产主义的化身,是一个绝不妥协的纯粹的革命者,为全世界带来了马克思和列宁炽热的革命遗产。里维拉亲自出面向墨西哥新任总统阿尔瓦罗·奥布里刚求情,使得流放者终于找到了一个避难所。在迭戈·里维拉眼中,托洛茨基代表了革命理想,这个男人为自己的信念牺牲一切,他是共产国际的真正体现。而阿尔瓦罗·奥布里刚也为这位苏联红军创建者的命运所感动,在兄弟情谊的驱使下,甚至派出私人火车"绅士号"前去坦皮科港口迎接。托洛茨基与秘书、保镖等随从在科约阿坎安顿下来,那里立即成为新的托洛茨基国际中心。从此以后,革命首领便在那里发表立场,起草公告,组织和指挥抗击斯大林政权的抵御战。

迭戈和弗里达的慷慨大方、热情洋溢的接待,以及曾沦为殖民地的科约阿坎的繁荣热闹,这些都使托洛茨基眼花缭乱、头晕目眩。同时,他也为女主人不同寻常的美艳所倾倒。弗里达不无邪恶地与他玩了一个自己喜欢的游戏,一场诱惑调情的游戏。后来她略带轻蔑地称之为"老头子"的人,在那时却十分吸引她。这个列宁选定的接班人,差一点就成为庞大苏联的领导者,正处于历史的风口浪尖。他是具有浪漫主义色彩的流亡者,是将革命理想坚持到底的屈指可数的人。同时,他也是迭戈毫无保留特别崇拜的偶像。因而从一开始,托洛茨基和里维拉就成了好朋友。托洛茨基是个苏联实干家,极不了解拉美女性的复杂心灵,可能并没弄清楚弗里达决定在三人之间玩的游戏。在莫斯科第二次审判、杜威委员会的调查期间——反诉讼听证会就在科约阿坎弗里达的家中举行——托洛茨基经历了艰苦紧张的数月。之后，本性狂热的他开始激情似火地追求弗里达。他的行为像个中学生，偷偷给弗里达塞信，秘密与她约会。甚至几天不见他的踪影，其实是在圣·米格尔·雷格拉庄园与弗里达幽会。迭戈对弗里达和托洛茨基之间的爱情游戏也许毫不知晓，可这一离奇冒险逐渐改变托洛茨基对迭戈的态度。一九三八年，革命领导者的顾问们决定排挤里维拉，禁止他参加任何托派国际的活动，托洛茨基也没有站出来支持朋友。里维拉强烈谴责穆希卡与轴心国国家的石油协议，托洛茨基却以务实之名表示不赞同里维拉的观点。这一事件造成两人的最终决裂，弗里达对这个"老头子"①的尊敬也荡然无存。不过，尽管发生了诸多分歧，迭戈·里维拉还是在同一年公开发表对托洛茨基的支持："托洛茨基与我之间的事件并非一场斗争，这是个可怕的误解，愈演愈烈，最后变得无可挽回。正是这些令我与

---

① 列维奥斯波万特在关于迭戈·里维拉的书中（莫斯科，一九八九年，第三百九十二页），谈到了里维拉与托洛茨基"极可怕"的友情，墨西哥画家"不安分，大方慷慨，爱追逐女人，是个不可思议的谎话老手"，而老革命家"陷入失败境地，多疑、神秘兮兮"。画家胡安·奥戈尔曼则记录了托洛茨基评论里维拉的话："迭戈十分凶残，从心理上来看，比斯大林还恶毒。斯大林与里维拉相比，基本就是慈善家或八岁的小孩。"——原注

这位伟人断绝了关系,但我曾经,直至今天仍保留着对他的最高崇敬和最深敬意。"①

奇怪的是,正是里维拉、托洛茨基和安德烈·布勒东的见面交往令这对夫妻的分离终成定局。安德烈·布勒东来到墨西哥城与托洛茨基见面——他后来同样也被开除党籍,比里维拉晚了两年——与他共同起草了国际独立革命艺术联盟的宣言。宣言确认知识分子摆脱束缚,获得完全解放的必要性,带有托洛茨基思想的明显印记。布勒东也为弗里达着迷倾倒,他并不是被少妇的美貌所诱惑,而是为她绘画创作的深度和自由所折服。他为弗里达的纽约画展写了一篇介绍,高度赞扬她的作品。对于弗里达正在完成的画作《水之赐予》,他写道:"这样的艺术不乏一星半点的残酷和幽默,只有它能汇集非凡的情感力,形成墨西哥特有的魅力。"

布勒东这段晦涩的评论使他名噪一时。他在最后如此定义女画家:"里维拉之妻弗里达·卡洛是缠绕在炸弹上的缎带。"②

---

① 奥利维亚·高尔,《托洛茨基在墨西哥》,墨西哥城,一九九一年,第二百一十七页。——原注
② 安德烈·布勒东,《作品集》。——原注

安德烈·布勒东的到来加快了两人分手的进程。托洛茨基和里维拉最后一次结伴旅行，陪同安德烈·布勒东乘火车前往瓜达拉哈拉，这位超现实主义传教士将在那里与何塞·克莱门特·奥罗兹科见面。后来，他们一同穿越米却肯州，前往帕茨夸罗参观哈尼古奥岛，岛屿上的普勒佩查印第安土著一直保留着祭鬼仪式，并因此出名。

弗里达马上要出发前往纽约，在那里为自己的首次画展揭幕。迭戈已经决定与妻子分手，对他来说这正是分开的机会。他不想再过这样的夫妻生活，弗里达的嫉妒，她的痛苦以及那种曾经令他感动的受伤孩子般的脆弱，是带给自己的沉重负担，他再也不想继续承受。革命对他来说也意味着情爱自由，就是与崇拜他，对他搔首弄姿，为他的名望而沉醉的那些女人一起过纷乱嘈杂的生活——所以，当托洛茨基第一次遭暗杀，警察前来逮捕迭戈时，住在圣安吉勒迭戈家不远的女演员波莱特·戈达尔①才会出手相救。而弗里达希望实现的真正革命，则是摆脱束缚，获得解放，与男性平等，从极具占有欲的爱情囚笼中解脱出来。后来，迭戈与格拉迪斯·玛尔迟谈起这段时期，还

---

① 也称高莲·宝黛。

带着他那特有的黑色幽默说道:"我们分开的两年间,弗里达成功地完成了几幅杰作,她的焦虑不安在绘画中得到了升华······"①

然而,在远离迭戈的可怕空虚之中,弗里达把事实真相隐藏于内心深处:她根本不在乎自由,而没有迭戈的爱她无法生活下去。一九三八年十二月八日,在迭戈的生日那天,弗里达在日记中写下了这段撕心裂肺的诗句,这些话她不敢讲给迭戈或是任何其他男人,这些吐露真情的言语,只有"另一个弗里达"能够听到:

我的一生

无法忘怀你的样子。

破碎时你将我拾起,

将我修葺。

这片太小的土地,

我的目光能往哪里去?

这般宽广,这般深邃,

时间不再,一无所有。

---

① 迭戈·里维拉,《我的艺术,我的生命》,第二百二十四页。——原注

距离。唯有现实。

既已如此,终将如此。

迭戈忙于为国民宫创作壁画,在每日的政治漩涡中过着纷乱的性爱生活,他甘愿相信获得了独立的弗里达过着幸福的新生活。弗里达不是也总装作幸福的样子吗?

可能是在墨西哥城,弗里达遇到了尼古拉·穆莱。那时,他已是纽约最时髦的摄影师之一。他曾为当时各界名流拍照,如演员莉莲·吉许和葛洛莉娅·斯旺森,运动员D.H. 劳伦斯和约翰尼·韦斯默勒。此人瘦高个儿,是名运动健将,曾两次获得美国击剑冠军。与弗里达曾爱过的"未婚夫"阿尔杰德罗·戈麦斯·阿历亚斯一样,他的面孔颇具贵族气质。弗里达异国风情的美艳,闪烁着火光的漆黑双眼,她的横溢才华和炽热思想,很快就让尼古拉为之神魂颠倒,而弗里达不断的挑逗更令他意乱神迷。在纽约与摄影师共度的三个月中,弗里达忘却了迭戈家中嘈杂紊乱的气氛,抹去了萦绕在心头妹妹背叛的阴影,也摆脱了因迭戈和其他女人或是吕蓓·玛兰斯混在一起时内心必然勾起的病态嫉妒。在纽约生活的灿烂漩涡中,弗里达与她的尼古拉一起经历了略带疯狂的爱情。她在那里结识了诸多画家和艺术家，其中就有舞蹈家玛莎·葛兰姆、路易斯·内凡尔森，《名利场》的女记者克莱拉·布思·卢斯（她后来向弗里达定制了一幅纪念好友多萝西·黑尔的肖像画），女演员艾德拉·弗朗库和艺术家兼画家乔治亚·欧姬芙，谣传弗里达曾与后者有过一段同性恋经历；还有野口勇的朋友艾琳·麦克马洪、琴吉·罗杰斯，艺术收藏家萨姆·A.鲁索恩、查理·利布曼等。弗里达甚至还见到了纳尔逊·洛克菲勒，她似乎已经忘记了此人在无线电城毁掉迭戈壁画的罪行。

与她的尼古拉一起，纽约不再是曾经将她"囚禁"在巴比松公寓里，令她在夏季的闷热中忍受身心疲惫、孤寂落寞的那个可怕的大都市。弗里达的展览获得了成功，她卖出了一半画作。她十分爱慕尼古拉这个高贵、自信的男人。在巴比松饭店用过早餐，弗里达便陪他前往位于麦克道格尔街的工作室。正是在那里，尼古拉为弗里达留下了最美的影像之一——弗里达站在那里，披着品红色的长披巾，像印第安人一样将棉线编入发辫。照相时她神情平静，略显疲倦，是从前未曾有过的样子。她也猜测到这样无拘无束的爱不会长久，但这段感情也许是她生命中最幸福的回忆之一。在这几个星期里，她重新又找回了"卡楚恰"时期，圣胡安市集车祸发生前那段自由自在、无忧无虑的时光。她成了摄影师的"花儿"①，来自印第安世界梦想中的另一个自己，摆脱了现代生活中所有矛盾和平庸。而摄影师则是属于她的尼古拉，她的生命，她的孩子。

快乐的节日结束，弗里达又要回到墨西哥城，回到圣安吉勒动荡不安的生活之中，面对迭戈身边的嫉妒竞争，勾心斗角。她无法忘却那自由自在、无忧无虑的美妙时刻，漫步在纽约大街上他们身边所震颤的那种电流。这昙花一现般的爱情留给弗里达的回忆如同她的护身符一般神圣。她给尼古拉·穆莱写道：

"听我说，小家伙，你每天走过我们的楼梯时，有没有摸摸吊在走廊照亮的'小东西'？可别忘了这是每天都要做的呀。也别忘了枕着我特别钟爱的小靠垫睡觉。别盯着街上的广告牌和街名亲吻别人。别带任何人去我们的中央公园溜达，因为它只属于尼古拉和花儿。"②

弗里达坠入情网，她并不知道游戏的结局很残酷，也不知道之后的孤独感只会更变本加厉。与迭戈分手让她跌入情感空虚之中，令她不惜一切代价，努力紧紧抓住这样

---

① 原文为 Xochitl，诺瓦语中花的意思。
② 海登·赫蕾拉，《弗里达传》，第二百三十八页。——原注

一段感情，但也许这也是她遭遇最大幻灭的一刻。

一九三七年的巴黎之旅，从某种意义上使得两人之间的决裂终成定局，两人断绝了各种关系。弗里达受邀参与由卡德纳斯政府筹备，在皮埃尔·戈勒画廊举办的关于墨西哥的大型展览。她勇敢地投入这次冒险，为的就是离开墨西哥城，逃离纠缠困扰她的现实，摆脱肉体上的痛苦，并向迭戈表明从今往后自己的独立自由。她在巴黎住在安德烈与雅克琳娜·布勒东夫妇家。她受到了超现实主义分子的激情洋溢的接待，以及伊夫·唐吉、毕加索等绘画大师的道贺。据迭戈·里维拉的叙述，弗里达的画如此感人，使得康定斯基"甚至在所有人面前，就在展览大厅里，将她拥入怀中，满脸热泪地亲吻了她的前额和两颊。"①

然而，弗里达在巴黎并不能重新寻回她所喜欢的那种纽约的节日氛围。一九三九年二月十六日，她在给尼古拉·穆莱的信中，抱怨"狗娘养的"安德烈·布勒东对她的到来安排欠妥，居然让自己和他女儿奥波同住。她不能忍受巴黎的食物和肮脏的环境，在那里她居然还得了一次

---

① 迭戈·里维拉，《我的艺术，我的生命》，第二百二十六页。——原注

肠炎。此外,在她看来,这个展览乌烟瘴气,充斥着"那些超现实主义分子,就是反复无常的放荡女人们养出一帮后代",他们以墨西哥为主题所展出的东西,全是些一无是处的"蹩脚货"。此外,皮埃尔·戈勒对弗里达生硬露骨的画作十分反感,拒绝在自己的画廊展出。在另一封写给尼古拉·穆莱的信中,弗里达表达了对巴黎知识分子的深恶痛绝:"这些知识分子真是腐败堕落,糟糕至极,我简直无法忍受他们,我真是受不了他们。我更愿意在托卢卡集市上席地而坐,卖着墨西哥面饼,才不想和巴黎这些'艺术家'傻瓜有半点瓜葛……我从没见过迭戈或你浪费时间,喋喋不休进行这些愚蠢的长篇大论和理性探讨。所以,你们才是真正的男人,而不是可悲的'艺术家'——妈的!倒是真该来到这里看看为什么欧洲局势每况愈下,日渐恶化,为什么这些无能的人催生了希特勒和墨索里尼之辈。"①

弗里达心情十分糟糕,巴黎天气恶劣,天空阴郁灰暗,肯定也影响了她的情绪。此外,还有她心中与日俱增的空虚感,与迭戈分手的那个不可避免的时刻日益临近带给她

---

① 海登·赫蕾拉,《弗里达传》,第二百四十六页。——原注

的焦虑不安，她感觉到了，却再也无法抗拒。在纽约漩涡般的偷欢恋爱生活，加之在巴黎上流社会中大获成功——她的手的形象出现在了《潮流》杂志的首页，而女设计师夏帕瑞丽更从她的印第安着装中获得灵感，创造了"里维拉夫人"服装式样——然而这一切都根本无法让她摆脱独守空房时感到的眩晕。

回到墨西哥城后，她必须战胜双重磨难：与即将结婚的尼古拉·穆莱分手，再就是迭戈迫使她同意离婚。一九三九年十一月六日提出申请，协议离婚——该法律从墨西哥独立之后便存在——十月①科约阿坎法庭宣布双方离婚。于弗里达而言，那些最痛苦的时刻，在纽约和巴黎经历的漫长等待，与迭戈之间没完没了的争吵，都已经过去了。而对迭戈来说，离婚早已成为真正纠缠他的顽念，他对格拉迪斯·玛尔迟讲道："……晚上，我突然一时冲动，给弗里达打了电话，要求她同意离婚。焦虑万分中，我捏造了一个粗俗愚蠢的借口……这还真行得通，弗里达表示同意，愿意立即离婚。"②迭戈所说的借口，也许就是弗里达尤其害怕担心的事情：做爱时她难以达到性欲高潮，

---

① 原文如此，但根据资料，两人应是当年年底（十二月）正式离婚。
② 迭戈·里维拉，《我的艺术，我的生命》，第二百二十六页。——原注

她认为这是青年时期那场毁坏她肉体的可怕车祸所致。

一场持续了三年的争斗拆毁了这对夫妻，没有什么能真正证明这场战争确有必要，他们的分手尤显荒唐。迭戈后来承认："我们结婚一起生活了十三年，我们仍然一直那么爱着对方。我只是想自由自在、随心所欲地和我想要的所有女人做爱，而弗里达也并不反对我对她不忠。她无法容忍的，是我选择了一些配不上我，不如她的女人。我把她晾在一边去找些不正经的骚女人，她觉得这是对她的侮辱。可如果我依她意愿去做，难道不是限制了我的自由？又或者我不过是个性欲过盛的下流牺牲品？我以为离婚能结束弗里达的种种痛苦，这难道不是一个善意的谎言？她会不会因此愈发痛苦呢？"①

对于迭戈的发问，可以在十月份弗里达写给尼古拉·穆莱的信中找到答案，当时离婚正在进行之中："我无法用文字向你诉说我多么的痛苦，你是知道我有多爱迭戈的，你能明白这些不幸只能随着我的生命终了而结束。不过自从最后一次跟迭戈电话里争吵，我有一个月没再见过他了，我明白对他来说最好还是离开我……现在我感觉自

---

① 迭戈·里维拉，《我的艺术，我的生命》，第二百二十六页。——原注

己被击碎了,我孤孤单单,感到世界上没有人如我一般痛苦。不过,我希望几个月后会有所改变,这是当然。"①

答案尤其存在于弗里达这一年的创作中。这些可怕、血腥的作品,自杀和死亡的画面不断产生:她的生命在浴室的水中流逝;被剥去皮的仙人掌果实如同祭品一般;两个裸露着心脏的弗里达;还有那幅非比寻常的肖像画,透着弗里达用以保护自己的黑色幽默:她面无表情、直挺挺地坐在满地剪断的发丝中央,写在旁边的歌词,如同无情的小调一般响起:

> 你瞧,那时我爱你一头乌发
> 可眼下你秃了头,我也不再爱你了

一九四〇年初,塞萨尔·莫罗和安德烈·布勒东在墨西哥城组织了浩大的超现实主义庆典,迭戈和弗里达再次相遇。美术界、文学界和艺术节的重要人物齐聚一堂,其中就有摄影师曼奴埃尔·阿尔瓦雷斯·布拉沃、爱丽丝和沃夫冈·帕伦夫妇,《怀念死亡》的作者诗人哈维尔·比利

---

① 海登·赫蕾拉,《弗里达传》,第二百七十六页。——原注

亚乌鲁蒂亚，画家罗伯托·蒙特尼格罗、安东尼奥·鲁伊斯和卡洛斯·梅里达等。在西班牙悲剧之后，这样的活动还能幸免于难，颇有些嘲讽意味，而且当时战争正又一次吞噬着欧洲。尽管塞萨尔·莫罗和沃夫冈·帕伦试图借助墨西哥和秘鲁古老的土著文化，在拉丁美洲实现超现实主义的再生，然而，欧洲高涨的法西斯主义，社会主义的诞生地与革命理想的脱节，这些都令超现实主义运动变得荒诞可笑，这次聚会因而敲响了它的丧钟。为自己的状况忧心忡忡的迭戈和弗里达参加了这次活动。众人期待"黑夜大斯芬克斯"现身的场面，无疑让这场超现实主义的盛大弥撒显得有些幼稚，演变成为那些所谓"当代"艺术家倡导的颇为空洞的社交活动，而里维拉一直认为这些活动是资产阶级效仿欧洲理性至上的表现①。所以，阿道弗·梅嫩德斯·萨马拉才会在《墨西哥文学》第二十八期，发表名为

---

① 一九二八至一九三一年间，在墨西哥城出版了《当代》，这是一本近似超现实主义先锋派作家们的文学刊物，汇集了海梅·托雷斯·博德、哈维尔·比利亚乌鲁蒂亚，奥尔蒂斯·德·蒙特利亚诺以及豪·奎斯塔（他在吕蓓·玛兰与迭戈·里维拉分手后娶了吕蓓）等人。迭戈蔑视这些打着"艺术纯洁性"旗号的冷冰冰的知识分子，其必然结果就是壁画运动的首领遭到了控诉：以卡多萨·伊·阿拉贡，奥克塔维奥·帕斯为代表的新生代揭露了里维拉当时奉行的"帝国主义美学"。——原注

《超现实主义等于零?》的文章。

事实上,现实却几乎没有留给他们时间去思索超现实主义新诗篇的含义。五月二十四日,托洛茨基在伦敦街的新居中遭暗杀——由一个身穿雨衣,颇像画家西盖罗斯的神秘男人指挥的一群武装分子用冲锋枪疯狂扫射了他的卧室,接着还扔进了一颗燃烧弹。这一事件迫使迭戈·里维拉开始一次新的真正的冒险,因为警察将里维拉列为怀疑对象,而从暗杀中奇迹般脱险、安然无恙的托洛茨基却袖手旁观,并未帮老朋友开脱,洗清嫌疑。幸亏住在圣安吉勒自家对面的女演员波莱特·戈达尔通风报信,迭戈躲在女友匈牙利籍艺术家兼画家艾琳·波赫斯的汽车后座,藏在一堆大画儿下面,以荒诞离奇的方式躲过了警察的拘捕。随后他逃往美国,前往旧金山。

像以往一样,一旦遭遇困境,里维拉就会转向北方。在波莱特·戈达尔的帮助下,迭戈在旧金山与自己的朋友爱伯特·班德和波弗卢吉重逢,特别是还找到了工作。迭戈受邀为金银岛的游乐园进行装饰,他把在底特律已经呈现过的泛美统一定为主题,表明他希望在社会主义旗帜下,消除边界,建立各种族间共同体的理想。迭戈在中央画了一个"一半是神,一半是机器"的形象。对于美国人民来说,这就像"阿兹特克人民心中伟大的墨西哥的大地之母科亚特利库埃"①。同一幅壁画中，迭戈还把波莱特·戈达尔画在了查理·卓别林的旁边。迭戈曾在洛杉矶邂逅卓别林，自看过《大独裁者》后便非常崇拜这位艺术家。一九三六年为改革饭店创作四幅壁画时，迭戈还在其中的一幅作品中控诉了希特勒的独裁统治，但出于政治考虑②，饭店拒绝了全部四幅壁画。在旧金山城市中学的壁画中，迭戈把身着特华纳传统服装的弗里达·卡洛的形象画在了众人之中，这不仅显示了南北汇合的必然性，也预示着自己与弗里达必将破镜重圆。

事实上，一系列事件加速了夫妇二人的情感革命。经过长时间筹备后，一九四〇年八月二十日，化名为亚克逊的斯大林政治保卫局特派密使拉蒙·麦尔卡德实施了刺杀活动，他进入托洛茨基的屋子，利用在办公室被

---

① 迭戈·里维拉《我的艺术，我的生命》，第二百四十四页。格拉迪斯·玛尔迟在文章中提到了魁扎尔科亚特尔（Quetzalcoatl）的名字，很明显是整理录音时的文字错误。——原注
② 墨西哥与希特勒统治下的德国结盟，这是墨西哥知识分子反对总统拉萨罗·卡德纳斯机会主义政治的最大的不满之一。迭戈在自己的壁画之中，除了画了希特勒和墨索里尼的滑稽肖像，还以漫画的方式把军队描绘成了"猪头"将军，用一头驴子表现革命。——原注

接见的机会,用冰镐刺向托洛茨基的头颅,杀害了革命领袖。

所有在墨西哥城接近过托洛茨基的人都接受了调查,弗里达和里维拉也都受到警察怀疑,被询问了好几次。精神抑郁的弗里达因此身体状况恶化,利奥·埃劳塞医生要求她尽早前来旧金山治疗。弗里达来到了自己如此喜欢的城市,又接近了迭戈,这些都产生了奇迹般的效果。埃劳塞医生劝说里维拉,认为分手"深深地影响了弗里达,可能对她的健康状况造成严重后果"。经过医生的调节干预,迭戈·里维拉决心说服弗里达再次嫁给他。据迭戈的讲述,埃劳塞医生向弗里达解释迭戈"天生"便不可能忠贞不渝,这"天真"的辩护词令事情并非一帆风顺。不过,弗里达接受了复婚请求,但她提出的条件构成了不可思议的最奇怪婚约:她将成为迭戈之妻,条件是他们不能再有性关系,而且她负担自己的所有费用。但她最后还是同意迭戈分担家中一半开支。迭戈补充说:"能再寻回弗里达,我太幸福了,我什么都答应了。十二月八日是我四十岁生日,弗里达和我第二次成为夫妻。"①

---

① 迭戈·里维拉《我的艺术,我的生命》,第二百四十二至二百四十三页。——原注

于是，长时间的绝情和分离结束了，存在于两人心中，摧毁他们的空虚也荡然无存。从一九三三年第一次从纽约回国，迭戈和弗里达结束了长达八年跌宕起伏的爱情革命。

永远的孩子

托洛茨基已死,弗里达回到科约阿坎,在那里定居生活,直至生命尽头。似乎是为了标志新生活的开始,她决定将祖宅的墙壁刷成阿兹特克庙宇和宫殿的那种靛蓝色,她的居所由此得名"蓝屋"。迭戈请人在花园那里加了一个厢房,这样弗里达在世界上她最喜欢的地方,也有了自己的工作间,那里成为她的整个天地。

一九四一年初,迭戈和弗里达回到了墨西哥城,标志着夫妻之间新阶段的真正开始,表达了二人携手再续夫妻生活的新意愿。事实上,一切都没有改变。两人之间达成的略有些滑稽可笑的协议只是对弗里达造成了约束,将她禁锢于自己的牢笼之中。它同时凸显了持续支持弗里达,令她能够承受沉痛分离的顽强意志力。这些也说明了她的骄傲和固执，甚至对待爱情亦是如此。因为在她看来，爱情就必备这种持之以恒、独一无二的决心。

正是弗里达的这种绝对情感，让迭戈赞叹不已。而他自己却不能从一而终，总是被感觉，被肉体的享乐，被巨魔难以满足的性欲牵着鼻子走。当迭戈说服弗里达来到旧金山，请求弗里达再次嫁给他时，他倒也不是逢场作戏。他知道，没有弗里达，没有她奉献给自己的超出常人的爱——她曾在自己的日记中写道"我爱迭戈胜过我自己"——他便不知所措，如迷途羔羊一般。

迭戈和弗里达在创作中所体现的心灵统一，任何夫妻都无法望其项背。迭戈的绘画体现了非凡才华——这种神秘、专横的力量，这种生存本能，在他的笔端孕育了形态、光影，特别是动感，色彩的碰撞和迫不及待的冲动。而这种才华来自于与迭戈形同一体的弗里达，源自她的目光，她的意志和洞察力。就像当年她悄悄跑到玻利瓦尔阶梯教室窥视迭戈在脚手架上"手舞足蹈"，如同巨人在表演平衡技巧。就在那时，绘画和创作就已将她与迭戈熔合到了一起。她通过迭戈的眼睛观察，透过他的感官体会，通过他的思想猜测，她就是迭戈，迭戈与她在一起，就像在她身体里一样。

她在日记中写道：

迭戈，开始

迭戈，建造者

迭戈，我的孩子

迭戈，我的未婚夫

迭戈，画家

迭戈，我的情人

迭戈，我的丈夫

迭戈，我的朋友

迭戈，我的母亲

迭戈，我的父亲

迭戈，我的儿子

迭戈，我

迭戈，宇宙

唯一且多变

可我为什么要说"我的迭戈"？

他永远都不是我的。他只属于他自己。[1]

---

[1] 拉克尔·蒂波尔，《弗里达·卡洛，剖开的生命》，第二百三十页。——原注

弗里达有意在"蓝屋"中过起了隐遁生活。这个避难所就像是她身体的延续，每块石头，每件家具都浸润着悲伤的回忆，带着痛苦的印记。弗里达越发地像个祭祀中严肃呆板的女祭司，而迭戈作为她生活的中心，将她与整个世界联接起来，沟通她身上每一份充满活力、无法抑制的爱。"蓝屋"的花园为高墙封闭，园内植物纷纷向着日光伸展腰肢——玉兰树光滑的树干，尖叶落羽杉浅灰色的叶丛，叶片纠结、藤蔓缠绕，构成一片封闭的天地。如今弗里达几乎不再旅行，这个封闭的世界便是她的全部天地。那些亲密的动物，如小鸟，索契米洛哥集市上买来的无毛狗①，都成了她创作时的模特。弗里达的眼中，这些赤身裸体毫无遮蔽的小狗②，尤其显得脆弱。似因物种久远总是略带忧伤的神态，颇像人类境遇的原型。

经历与迭戈分离的悲剧，之后两人复婚，这期间弗里达·卡洛在绘画中重新找回了平衡。在自画像中，她还是一副女祭司的样子，僵硬呆板的面孔略显盛气凌人，但内心痛苦的无情记号依然清晰可见：唇边苦涩的皱纹，脸上黑黑的眼圈，颈部紧绷的肌肉，特别是冷漠的眼神中闪烁

---

① 原文为 itzcuintle，墨西哥土著语"狗"的意思。
② 原文为 escuinclas，有可能是狗的意思。

着狂热的光芒，直逼前方，那尖锐、渴望的质询目光几乎穿透了现实的画布。尽管生活变幻莫测，尽管肉体疼痛不堪，需要注射的镇定剂量越来越大，弗里达的眼神里依旧带着挑衅。

关于弗里达无法摆脱的母性情怀，前面已多次谈到。迭戈和吕蓓·玛兰之女瓜达卢佩·里维拉·玛兰在回忆录中，曾讥笑过迭戈身边的女人全都试图通过生孩子留住画家的心①。或许，弗里达也无法逃脱这一命运。从某种角度来讲，她为此奉献了自己的一生。许多年来，生孩子的欲望，掺杂着反感和恐惧，在她心中成为一个真正的顽固观念。她无法将怀孕进行到底，年轻时期突发的可怕车祸可能并不是唯一原因，她还有骨盆过窄的骨骼结构畸形问题——这可能是年轻时感染梅毒的后遗症。此外，很大程度上，弗里达强烈的生育欲望中还交织着对成为人母的抗拒心理，她念念不忘的想法因而掺入了害怕，由此产生的一种负疚情结，贯穿于她的所有创作之中。医生们试图搞清楚这种奇特的情感，事实上却一无所获，只能借科学名词做掩护：性不健全（荷尔蒙失调）或性无能。医生们的诊

---

① 瓜达卢佩·里维拉·玛兰，《里维拉之河》，墨西哥城，一九八九年。——原注

断颇像是借口，让弗里达得以躲避现实。但是那种负罪感和欲望将纠缠她一生。和如此性感，有繁育力的吕蓓·玛兰，或与自己的妹妹克里斯蒂娜相比，弗里达只会越发感到自惭形秽。自己如同不毛之地的这种感觉，她每时每刻都无法忘却。她创作的图画并不是自己的孩子，而是一种假象，令她能够绝好地掩饰自己的抗拒：像别的女人一样性感且能生育，如同男人心目中理想的女性①。然而，从某种角度来说，这些画也是她的孩子，她的爱情寄托，有时还是她传递的信息。在她的卧室、公寓和房屋中，这些画作陪伴着她，和她挑选的其他物品一起包围着她：娃娃、面具、犹大肖像——耶稣受难日纪念仪式那天队伍中使用的纸浆制成的肖像，迭戈将之视为真正的民间艺术的体现，因为它们稍纵即逝，不含私心——还有那些和她一起生活的动物，是她最为忠贞的朋友：袖珍雄鹿格尼左、无毛狗

---

① 埃利·布特拉在自己的散文《女人，意识形态和艺术》（巴塞罗那，一九八七年）中，十分清楚地分析了弗里达身上含糊不清的女性特点，对于她"绘画是一种永久的挑战，无礼地攻击着主流思想的价值观。鉴于自己的女性境遇，弗里达用奢华的方式，也就是用鲜血，这种与女性日常生活极为亲近的液体，这种被艺术和社会所摒弃的液体，不加掩饰地表达自己对生活和死亡的看法。"（第五十七至五十八页）——原注

索洛托、卡普丽娜和科斯蒂克、猫、母鸡、鹰。她还有一对蜘蛛猴,其中就有大名鼎鼎的扶郎长(音译),一九三七年起便出现在弗里达的自画像中。

对于弗里达来说,艺术从未替代无法成为母亲的现实,但却能让她承受这种矛盾心理,这一不育的诅咒,并作为一个外在现实表现出来,而不是埋在心里成为折磨她的痛楚。在弗里达眼中,艺术是另一种动物本能,一种不加思索的自然冲动——所以超现实主义分子才对她的创作兴奋不已——艺术已成为一种绝对需要,把她与命运已断然将她排除在外的那个世界联接在了一起。艺术、童年、美丽、暴力、爱情紧紧交织在一起,密不可分。她更在自己周围营造了一个奢华的天地,如同鸟和植物华丽盛装一般的印第安服饰,根据印第安神像绘制的面具,编成辫子的头发盘结起来,宛如祭祀土地女神特拉索尔泰奥特尔庆典时所梳的发饰。这种自然的魔法围绕着她,拥抱着她,却时而伤害她,折磨她,于是她的眼泪如同宝石般闪烁在画作之中,而血,这最珍贵的液体,则鲜红地流淌下来。

正是这种魔力赋予弗里达灵感,让她继续生活下去。也是这种魔力迷惑了迭戈,吸引着他,将他留在弗里达身边,尽管欲望和轻易而来的性欲满足感让他变本加厉地不断追逐女性。但弗里达身上有一种他无法理解的神秘感纠缠着他,每当远离弗里达,他便感觉空虚,有种缺乏、失衡的感觉。

回到父亲居住的屋子后,弗里达的健康问题越发严重,她为自己的身躯所累,困在了这个地方。这时,她完善了自己的精神体系,使自己继续活下去。无论是分离、分手,还是她在迭戈和自己之间搭的这座廊桥——圣安吉勒家中连接两间公寓的廊桥,当她想独处时就关闭此桥——这些都是让她达到某种和谐的方式。现在,她可以真正地待在自己世界的中心,看周围的世界慢慢变迁。迭戈,这个永远的孩子、太阳、万物之源,则是照耀这方天地的光明。而迭戈的残酷无情,他的朝三暮四,他射向弗里达身上的箭①,从某种意义上说实现了这个天地的平衡。在这里,痛苦和幸福合为一体——血的仪式将创造物与创造者永久地结合在一起。

从那时起,弗里达开始与迭戈玩起另一种游戏。她掌管游戏规则,她是绝对的指挥者。这个游戏时常残忍,而迭戈却是受益者——说到底,在爱与恨这个永恒的游戏

---

① 见弗里达作品《小鹿》(一九四六年)。

中，男人自由自在，随着感觉和肉欲发号施令；女人掌握爱情，却为爱所奴役。这是弗里达愿意玩的游戏，给她造成了生命之痛，同时也赋予她生活的骄傲。

复婚后的那些年是迭戈生命中最为矛盾的岁月。他知道自己无法离开弗里达生活，也知道弗里达是自己唯一的爱，唯一的生存理由。他在寄给弗里达的文字中称弗里达为"如我掌上明珠的女孩儿"。

同时，迭戈满足于肉体上的欢愉，绘画则是他用以表现的唯一方式。从很多方面看，迭戈是爱情上的叛逆者，他把女性角色贬低为繁育后代的母亲或是提供性欲乐趣的妓女，但弗里达异乎寻常的力量却给予迭戈肉欲享乐另一种意义。在将弗里达拒之门外的残酷世界和那个由自己扮演母性女神角色、一切都和谐一致的弗里达的天地之间，迭戈在某种程度上充当了一种过渡。

在迭戈心中，随着革命理想的确定，并在洛克菲勒中心之役中达到巅峰，享受性欲和追求肉体形态的欲望也愈发强烈，成为挥之不去的痼疾。查平哥的宇宙赤身像中，漂浮于大地上空吕蓓·玛兰巨大无比的身躯，如同莫迪里阿尼笔下赤裸的天神，令他创作中的其他女性躯体显得更为真实，更为性感。从一九三五年开始，他笔下大多是印第安妇女。他捕捉了她们在平静之中呈现的粗鄙之态，如他画的特万特佩克沙里那·克鲁兹沙滩的沐浴女人，与高更笔下的塔希提女人一样，简单却又不可思议。还有科约阿坎女孩莫德斯塔，还是个孩子时就做过迭戈的模特，如今成为女人后她更为迭戈展现自己妩媚非凡的裸体。画中她双膝下跪，以背示人，正在梳理着一头又长又密的乌发。迭戈带着一种赞美肉欲的方式，呈现了印第安女人健壮的躯体、宽厚的胸背、丰满的乳房以及颜色暗哑却奢华的皮肤。正是这一切孕育了古老的墨西哥种族的力量和青春活力。

在这个时期，迭戈经济十分拮据。国民宫的壁画工作结束后，政府就不再向他订制壁画。革命所孕育的伟大壁画运动走向了衰败，人们不再信任迭戈。胡安·奥戈尔曼针对墨西哥与希特勒纳粹德国结盟这种违逆天理的行为进行了义正词严、毫不含糊的批判，政府则在壁画前公开拒绝采用他的创作。这一事件似乎标志着作为民间艺术的壁画创作必将继续没落。

为了生活，迭戈和弗里达画了一些订制作品，创作了一些墨西哥城资产阶级富豪及其子嗣的肖像画。弗里达绘制了工程师爱德华多·莫里奥·萨发及其家人的肖像画（弗里达认为自己为爱德华多的母亲唐洛里斯塔画的肖像是她最好的作品之一），以及马鲁查·拉瓦、娜塔莎·盖尔曼、玛尔他·戈麦斯的画像。特别是她还创作了一些自画像，上面为她的"顾客"如西格蒙德·费尔斯通、埃劳塞医生等写了献词。她甚至还为玛利亚·菲利克斯画了带献词的自画像，尽管外界盛传此人与迭戈有不正当关系，但弗里达还是视她为自己的朋友。

迭戈·里维拉也画了一些定制肖像画：多洛莉丝·德瑞奇一家，女演员多洛莉丝·德里奥、医生伊格纳西奥·查维斯·德蒙特塞拉、卡梅利塔·阿维莱斯（他以弗里达的方式展现了卡梅利塔，画中主人公一身印第安人着装，画上附了献词）。他也为古铁雷斯·罗勒丹夫人、埃丽萨·萨尔迪瓦·德·古铁雷斯夫人画了肖像。当然还有他在一九四九年为玛利亚·菲利克斯画的那幅非凡的肖像画，上面留下了充满爱意的题词："这幅画为天使玛利亚而作，以示仰慕、尊敬和爱恋。墨西哥孕育了她，令世界充满光明。"

然而，在与公众的绘画交流中，弗里达几乎没有改变自己的方式，总是那种挑衅式的生硬，不带任何妥协让步，不乏精准的笔触线条，甚至到了无情的地步。而在迭戈的作品中，却蕴藏着他传递给模特的一份热情，一份温柔，一种感官肉欲的完美，近乎性感。他尤其喜欢画妇女，将她们笼罩在自身美丽的光辉中，身上的服饰令她们既陌生又真实，宛如热带花朵：闪亮的双眼，性感的嘴唇，柔美的皮肤，衣衫下胴体的线条，浓密波动的头发，带着柔弱却挑逗情欲。

迭戈也总是实地速写一些人物：周围的儿童，弗里达的朋友，科约阿坎、圣赫罗尼莫或圣·巴勃罗·特佩特拉帕集市上的妇女（他请人在那里为自己修建了圣堂阿纳华卡利博物馆）。迭戈笔下的肉欲呈现千姿百态：以马蒂斯的手法创作的各种裸体像，黑人女舞蹈家莫黛勒·勃斯最色情最突出的舞姿，《做玉米粉团》的女人（令哥伦比亚画家费尔南多·波特罗获得灵感），涅蓓斯·奥罗兹科的各种裸体像。迭戈一九四三年为改革饭店希罗斯酒吧进行了绘画创作，展现了令人兴奋的裸女胴体，让人麻醉的醇酒，让人沉醉的如同张开的性器官般的花朵儿。

从欧洲归国后，迭戈在墨西哥的现实面前恢复了理智。自那时起，他就一直喜欢描绘日常生活的景象，展现他对这片印第安土地的性爱：孩童与少女圆润的曲线轮廓，无名的印第安人裸像，俯向研磨石的妇女的后背，在无瑕的水芋百合花萼上方张开手臂的美丽无比的卖花女。他创作了一些街道民众的线条画：卖玉米的女商贩，运送木头的女工，右肩托着水罐汲水归来的少女，劳动中的男人，脸上带着伤痕般皱纹的老者，所有这些以弯曲圆润的线条呈现的动作，饱含沧桑，如同历经时间洗礼的画作。和风拂扫下的土地，时间磨砺下的身影，构成生命中的神奇瞬间，如同世间人们仍在感受永生诸神的眷顾一般。

迭戈对于周围世界所表现出来的性爱，很大程度上都源自弗里达。妻子经历的极度痛苦部分地进入了他的内心，改变了他，将他与这种非凡体验联系在了一起。艾黎·福尔曾对巴黎友人谈到的那个"可怕巨婴"真正地成为弗里达的孩子，弗里达不断地创造改变着他，并延续了自己的生命。

一九四九年，墨西哥国家美术学院举办了大型展览，庆祝迭戈·里维拉创作五十周年，弗里达第一次公开以文字表露了对迭戈的爱：

我不会以"我的丈夫"来谈论迭戈，那会是很可笑的。因为迭戈不曾是，也永远不会是任何人的"丈夫"。也不是作为情人，因为他大大超越了性爱的界限。但是如果将他看成儿子谈论他,那我只是在讲述或描绘我的感情,也就是说以我自己的画像,而不是迭戈的画像。……

"看到他浑身赤裸,就会马上想到一个后足站立的蛙童。他的皮肤像是绿色中的一抹白,类似水栖动物的颜色。……

"他的肩膀很稚嫩,窄窄圆圆的,不带棱角地连接着两条女人般的手臂,顶端是两只精美绝伦的双手,娇小,线条细腻,敏感且具洞察力,如天线般通向整个宇宙。……

"他的肚子巨大,光滑柔软如球面,下面是健壮的双腿,像圆柱般漂亮。腿的顶端,两只硕大的脚掌呈钝角向外张开,似乎要覆盖整个地球,又令他屹立不倒,就像是诺亚时代大洪水前冒出来的生物,又高高地系着腰带,如同比我们超前两千或三千年的未来人类代表。……

"迭戈的样子像是个迷人的怪物,如同先祖,如同必不可少的永恒物质,如同人类和人类在狂热、恐惧和饥饿中创造的众神的母亲。所有女人——其中就有我——都希望怀抱新生儿一般永远将他拥在怀中。"①

在自己的日记中,弗里达记下了那些不断涌现的词语,

---

① 拉克尔·蒂波尔,《弗里达·卡洛,剖开的生命》,第一百至一百零一页。——原注

那些她脱口而出的诗句:

"迭戈,我真的是不想说,不想睡,不想听,什么都不想要。

"没有时间,毫不神秘,我无惧鲜血,感觉像是被封闭在了你自己的恐惧和焦虑之中,封闭在你的心跳中。所有疯狂,如果我向你索要,我知道只可能是你静默中的杂音。疯狂之中,我向你索要暴力,你却予我恩惠,给我你的光辉和热力。"

在一首她并没有寄给迭戈的诗中(弗里达去世三年后,迭戈在临终前三天从特丽莎·普罗恩萨那得到了这首诗),弗里达写道:

唾液中

纸张中

暗淡中

字里行间中

所有颜色中

所有水罐中

我的胸膛中

表面上,内心里

墨瓶中，难以起笔中，我眼睛的奇迹中，太阳最后的月光中（但太阳并没有月光），在一切中，在一切愚蠢和美妙中，迭戈在我的尿液中，迭戈在我的口中，我的心中，我的疯狂中，我的梦中，吸墨纸中，笔尖中，铅笔中，风景中，食物中，金属中，想象中，疾病中，橱窗中，他的花招中，他的眼中，他的口中，他的谎言中。

出于爱，弗里达将迭戈的面孔如同首饰一般痛苦地镶嵌在自己的前额，而这个自己挚爱的面孔有时也摇身一变，成为死神的面孔。爱让弗里达在迭戈的前额打开了第三只眼，一只永恒之眼。爱只可能是一种癫狂，抵御一切真实的痛苦。

弗里达还在同一日记中写道："我多想成为自己渴望的样子"，"在爱情帷幕的另一端，我可以整日捆扎花束。我可以描绘痛苦、爱情、温柔。我会笑话别人的愚笨，而大家则会说：'可怜的疯女人。'（我尤其会讥笑自己的愚蠢。）我会建造自己的世界，只要我活着，我的世界就会和其他天地和谐相处。我经历的每一日，每一时，每一分，都将既属于我，也属于大家。我的疯狂不是遁入工作的方式，让任何人的所作所为都无法将我束缚。革命是形与色的和谐，一切遵循'生命'这唯一的法则运行。没有人分离，没有人为自己而战。一切既为一切又是唯一。焦虑、痛苦、快乐和死亡仅是唯一且同一的生存方式。"

在《折断的圆柱》的草图中（她在这幅画作中采用断裂的希腊圆柱展现了自己的脊柱），她在下方说明："等待，伴随着隐匿的焦虑，折断的圆柱和茫然的目光。一动不动，站在广阔的小道上，驱动我那被钢铁紧箍的生活。"①

在"蓝屋"和令她动弹不得的金属胸衣的双重束缚下，弗里达为迭戈创造的爱，的确是超出常人的，只有她自己能懂。迭戈，这个巨魔、怪兽、食人者——神秘信仰的暴君和祭司，摩登时代神话的创造者和创造物。迭戈被击中，摇摇欲坠，为毫无节制的爱搞得晕头转向。爱穿透了他，令他闪耀辉煌，他却完全不明就里。这种感觉折磨着他，让他恐惧。而他选择分手和离婚，则是尝试摆脱这种感觉的唯一方式。同时，这种尝试也给他自己带来了伤害，因为他就此放弃了自己存在的真正理由。

说这是神话并非言过其实，将迭戈和弗里达结合在一

---

① 日记引文摘自玛尔塔·萨莫拉《焦虑的画笔》一书，墨西哥城，一九八七年，第二百二十九至二百三十二页。——原注

起的爱恋是生命两大本源的结合,男女混合融于一体。分离,便意味着回归邂逅前,或出生前的时期,当灵魂仍存在无性欲的不确定和失衡之中。

迪戈通过找寻肉欲真理,通过这种灵魂附体,借助女性目光中交织的恐惧与欲望,柔弱的印第安面孔,尤为丰腴有力的胯部、乳房、大腿,以及浓密的阴毛和波浪起伏的长发,展现了他与世界的结合,与弗里达的结合。

《迪戈与我》①绘于一九四九年,是弗里达最复杂的画作之一,她在画中再现了她的生命组成:以植物身躯出现的印第安乳娘,阴和阳的力量,二元一体的阿兹特克神,特华纳女人怀中的迪戈,呈现两性畸形,前额带着科学之眼,手中那颗被挖出的心脏迸发着火焰,而咖啡色的小狗索洛托"先生"拜倒于女主人脚下,根据古老的墨西哥神话,有一天它将带迪戈渡过死亡之河,到达太阳神殿。

这个爱与恨的残忍游戏,弗里达与迪戈玩了很久,如今成了无止境的生命游戏。从虚无中夺取的每一分每一厘,都滋养了她,延续了她的实体,如同祭祀典礼中过于强烈的日光和血腥暴力。于是,弗里达成为了一个女神,进入

---

① 又名《宇宙、大地、迪戈、墨西哥索洛托先生和我的热情拥抱》。

恋人的躯体并占有了他,分享他的一切索取。她是真正掌控性欲和死亡的大地之母特拉索尔泰奥特尔。她成了科亚特利库埃,那个迭戈在旧金山金银岛壁画中展现的穿蛇裙的女神,带着蛇的面具,身着人皮,胸前挂着骷髅头骨——在弗里达创作的《摩西》中,这个墨西哥永恒之母占据了主要地位,并孕育了人类所有英雄,与此同时,在凄烈的日光中,神秘的子宫里,浮动着即将出世的永恒的孩子。

印第安节日庆典

弗里达充满爱意地描述迭戈:"在我的想象中,他所希望生活的世界如同一个盛大的节日庆典,每个人,所有的创造物都将加入其中。无论人与石,还是光与影,所有一切,依照他对美的见解,因他的创造天赋,一同参与,随他而动。这是融形式、色彩、动感、声音、才智、知识和情感于一体的节日,这个充满智慧和爱情的庆典,将覆盖整个地球的每一寸角落。为了完成实现这个节日庆典,他不懈斗争,倾其所有:才华、想象、言语和行动。他每一刻都在为消除人类的愚笨和恐惧而奋斗。"① 弗里达将迭戈的革命信念与他对墨西哥的爱联系在一起:"就像科

---

① 拉克尔·蒂波尔,《弗里达·卡洛,剖开的生命》,第一百零七至一百一十页。——原注

亚特利库埃①承载着生命与死亡。"也许正是这一纽带成为维系迭戈和弗里达的关键,纵使生活存在种种不尽人意,仍将夫妻二人连在一起。弗里达说:"对具有美的所有事物,迭戈无限温柔,任何文字都无法表述。他爱那些与当前阶级社会毫无瓜葛的人,他尊重那些遭到阶级社会压迫的人。对那些与自己有着血缘关系的印第安人,他怀有一种特别的仰慕。他尤为喜爱印第安人身上的高雅和美丽,因为他们是美洲传统文化具有生命力的精华所在。"②

像迭戈一样,弗里达也在创作中描绘了自己的墨西哥印第安人的过去。在迭戈身上,这种碰撞更具自发性,带有更强的肉欲;而在弗里达身上,则可能更加深思熟虑,甚至具有梦幻般的色彩。然而正是这种碰撞,代表了他们的爱,他们的共同生活。在迭戈看来,乳娘安东尼亚首先代表了印第安人的世界。这位奥托米印第安妇女抚养他长大,让他领略大自然的魅力。他对乳娘有一种无限的爱,远远胜过对自己的母亲③。而弗里达则以更具想象力的方

---

① 众神之母。
② 拉克尔·蒂波尔,《弗里达·卡洛,剖开的生命》,第一百零七至一百一十页。——原注
③ 迭戈·里维拉创作的安东尼亚唯一的肖像画,出现在利亚·布里诺《一个成长在墨西哥城的艺术家》一书中,纽约,一九四五年。——原注

式描述自己的乳娘：画中，女婴弗里达正在吮吸女巨人的乳汁，女巨人带着西班牙征服前时期的面具，令人恐惧却又雄伟美丽。无论迭戈还是弗里达，正是他们这种与印第安世界肉体的联系，赋予了他们生命的意义，令他们与墨西哥土地息息相关。

迭戈一回到墨西哥，便将原住民运动与革命事业融为一体。尤卡坦和坎佩切的旅行，令他对"真正属于美洲"的一切充满炽热激情。他将领袖费利佩·卡里略·普埃尔托比作齐琴·伊察地区玛雅人的至高首领、伟大的尼齐-克克姆。美洲虎神庙中的壁画令他见证了民间创作和神圣新大陆的碰撞。所以，迭戈在壁画和绘图的技艺中，无不尝试重现西班牙征服前时期的文化特征：创作形式，颜料研磨和固定色彩的手法，直至人物的动感和图形的象征。

将印第安世界选为自己的创作原型，迭戈既非独一个也非第一人。在他之前，就有埃梅内希尔多·布斯托斯，他细致入微的创作让人联想起还愿画。还有萨托尼诺·赫兰，他笔下的印第安少年，呈现一种含糊不清、矫揉造作的姿态。但迭戈的确是第一个以热情旺盛的色彩真正描绘印第安世界的画家，展现了它的生命力量，也揭示了印第安人日常生活的苦难。如果说他一九二二年起为国立大学预科绘制的壁画还很接近欧洲文艺复兴时期的作品——笨重的男性化躯体，悲惨的面容——那么在一九二三年起为教育部创作的壁画中，迭戈就开始呈现他在原住民真实世界中追寻的东西：孕育革命的被压迫人民，重新获得的自由，以及墨西哥深厚的文化主题，如雨水、田间劳作、被压弯了腰的搬运工以及死亡的困扰，还有劳动者领取以葫芦籽粥和玉米圆饼为圣餐物的玉米地弥撒祭祀仪式①。迭戈·里维拉从这种现实中汲取了自己革命信仰的元素。印第安人的世界，就是抵制资产阶级秩序，对抗基督教强加于人的罪孽思想，反抗清教徒的伪善，拒绝向钱权势力屈服——就像爱德华·维斯顿在墨西哥拍摄的提波兹左搭兰的撒尿印第安人那种颠覆性的照片和约翰·里德作品中展现的民情激愤。

一九二一年，从欧洲归来的迭戈·里维拉发现墨西哥正处在文化沸腾的高潮期。艺术家和学者第一次开始关注的印第安世界，并不只是享誉天下的日月金字塔或齐

---

① 十六世纪印第安居民自发进行的一种弥撒庆典仪式，尤其是在尤卡坦和中部高地。在这一弥撒中，玉米（种植在丛林中开垦的小块土地上）象征着相当于耶稣的年轻之神。这种仪式依然保留到今日，在甚至尤卡坦及金塔纳罗奥的克鲁兹博玛雅人战争中还发挥过作用。——原注

琴·伊察的艺术成就,还有它的民间文化和丰富的民俗。而殖民时期便开始的风俗主义运动在革命后涌现的思潮和幻想中,更找到了自己的一方风水宝地,费尔南德斯·德利萨尔迪所写的大名鼎鼎的《发痒的鹦鹉》便是代表。在这场颠覆价值观的运动中,迭戈是决定性人物之一,与他并肩作战的还有作家安妮塔·布里诺(《祭坛后的偶像》)、马丁·路易斯·古斯曼(《鹰与蛇》)、格雷戈里奥·洛佩斯·伊富恩特斯(《印第安人》),拉蒙·鲁宾(《印第安人的故事》)和人种志学者及民俗学家里瓦·帕拉西奥·卡洛斯·巴萨奥里、加米奥,以及一九三六年成立的民俗研究学院的创始者文森特·门多萨。此外,大多数当代画家也参与其中,如罗伯托·蒙特尼格罗、大卫·阿尔法罗·西盖罗斯、何塞·克莱门特·奥罗兹科、卡洛斯·梅里达、让·夏洛特、沙维尔·盖雷罗和鲁菲诺·塔马约。

弗朗西斯·图尔与迭戈·里维拉共同出版了一本名为《墨西哥民风》的杂志。画家在书中第一次提出了在龙舌兰酒酒铺的外墙和在教堂中展现墨西哥民间艺术的想法:"这些都是资产阶级留下的,由人民完全拥有的绝无仅有的场所。酒馆和圣堂有同种功效,因为酒精和宗教都是上好的麻醉品。"接下来,迭戈还罗列了一串酒铺的名字,他发现,从超现实主义的角度来看，那恰恰是一首自然形成的诗歌："伟大星辰。今晚相见。少女漫步。肉市。黑夜女郎。美洲。无师自通的学者。龙舌兰之心。夜之影笼罩世界。革命。"①

十六年之后，弗里达也采纳了迭戈的想法。她在艾丝美拉达学校（该学校位于格雷罗州艾丝美拉达街14号，由此得名）教授绘画和雕塑课时，便常带学生实地创作，让他们学会抓住日常生活之美。当她的身体状况不允许前往墨西哥城中心时，她就在科约阿坎授课，与学生一起为伦敦街和阿瓜约街夹角集市的"洛里斯塔酒铺"进行壁画装饰。

也是在这一时期，她完成了对民间画的收集，其中一大部分是还愿画。普鲁塔尔科·埃利亚斯·卡列斯统治时期封锁教堂，并向为保护神权－王权发动造反的中部西部农民开战，这些都使艺术品惨遭洗劫，尤其是一些原始画作和祭坛装饰屏。弗里达·卡洛的绘画创作与这些质朴画之间有着明显联系。她认为这是一种从现实中汲取养料，由记号和象征构成的绘画，具有驱邪的作用。共产主义理论家们把这些质朴画视为一种异化力量的表现，然而弗里达却在这种民间艺术中，感受到了与自己的绘画有着同样

---

① 《墨西哥民风》，一九二七年六月至七月。——原注

的探索需要，相同的焦虑质询。与创造这种绘画方式的印第安世界一样，对于弗里达来说，这是一种最终的语言，是资产阶级文化重压下被迫沉默的民众唯一的表达方式。弗里达·卡洛必然与这种绘画手法融为一体。鉴于她作为女性的境遇，痛苦造成的孤寂，丈夫迭戈的疏远，她也注定只得沉默，唯有画笔和色彩能够表达自己，借以幻想和展现一个比现实更有力更真切的希望。

这个时期，迭戈和里维拉两人生活得很近，然而，在科约阿坎"蓝屋"与圣安吉勒画室之间，却存在着无法丈量的距离，让他们咫尺天涯。复婚时应弗里达要求所签订的含混协议，迭戈的确照章执行。他以自己特有的温柔的残忍，迫使弗里达体味孤独的真相，这种孤寂有时更因病痛而忍无可忍。手术、病情复发将弗里达困在了自己的卧室兼画室之中，她在那里构造了这种绝对的爱，这种爱却折磨吞噬着她，如同一个对于夜晚来说过于漫长的梦。

迭戈为改革饭店绘制《亚拉美达公园星期日午后的梦》，同时又为国民宫和心脏研究院创作壁画。正当画家在世俗生活中忙得不可开交时，弗里达只能不厌其烦地构建着自己想象中的色彩表：

绿　　色：温和，善意的光线

鲜紫红色：阿兹特克特拉帕里①，仙人掌果实风干的血。最古老，最鲜活。

咖　啡　色：痣的颜色，落叶的颜色。土地。

黄　　色：疯狂，疾病，害怕。是太阳和快乐的一部分。

钴　蓝　色：电流、纯洁、爱。

黑　　色：没有什么真的是黑色的。

叶　绿　色：树叶、忧伤、才识。整个德国都是这种颜色。

黄　绿　色：更甚于疯狂，神秘。所有的幽灵都穿着这种颜色的长袍……至少内衣是这个颜色的。

暗　绿　色：预示着不祥或好事的颜色。

海　蓝　色：距离。温柔有时是这种颜色的。

品　红　色：血？谁知道？②

印第安节日庆典对弗里达充满魔力，如灵丹妙药一样能让她忘记一切烦恼。所作的画中越发呈现她自己的影像，如同生活中唯一的现实。一九四三年，迭戈谈到了弗里达

---

① 阿兹特克语，意为"油画和单色图中使用的色彩"。
② 弗里达·卡洛的日记，拉克尔·蒂波尔，《弗里达·卡洛，剖开的生命》，第一百三十二页。——原注

的创作，把她的画比作祭坛后面的"装饰屏"。

"弗里达是艺术史中绝无仅有的典范，她撕裂了自己的胸膛和心脏，见证身体内部的真相。她拥有比光还敏捷的理智与想象，以此描绘了自己的母亲和乳娘。她知道事实上自己并不熟悉她们的样貌，于是仅用硬石做的印第安面具展现哺育者的脸庞。从花序状的乳腺中滴淌下的奶汁，如雨般滋润大地，如泪水般滋养乐趣。而母亲，这位'圣母玛利亚'承受了七刀锥心之苦，在释放疼痛中孕育了孩子弗里达。自从非凡的阿兹特克大师用黑色玄武岩大胆创作了分娩雕像，弗里达便是唯一一个呈现自己出生时真相的充满人性力量的艺术家。"①

弗里达和迭戈都想到了那尊蹲着分娩、面露痛苦表情的产妇女神雕像。这种心有灵犀统一了两人的道德和美学追求，将他们永久连在一起。

桑东加舞作为印第安世界的另一个特色，逐渐成为迭戈与弗里达爱的象征。这种带有非洲名称掺杂着宗教仪式和求偶动作的奇怪舞蹈，起跳时节奏缓慢，随后动作慢慢加快。特华纳女子的长裙抚扫着地面，头上直直地顶着盛

---

① 迭戈·里维拉，《艺术与政治》，墨西哥城，一九七九年，第二百四十七页。——原注

满水果的果盘,领舞男子则一边挥动着异教徒的花饰十字架,一边转圈,翩翩起舞。舞蹈本身展现了西班牙征服前时期的情色魅力,纵使经历了残酷战争、西班牙人的奴役统治,这一力量依旧充满活力,生气勃勃。弗里达在整个一生中都着魔于这种舞蹈,迷恋那缓慢的旋转。特华纳女子头顶重物,为了保持平衡被迫上身静止不动,双臂展开,胯部缓慢摇摆,那种女神一般的姿态,几乎心醉神迷的表情,令弗里达痴迷不已。桑东加舞不仅呈现了源自印度的古老茨冈人的激情,安达卢西亚音乐的自豪感,还体现了美洲印第安民族肉欲的力量,展现了他们的受孕仪式和对生存的狂热。

一九二九年弗里达嫁给迭戈时,就穿了一条特华纳裙,她希望借此改变自己的样貌,摒弃共产党活动分子的打扮,不再效仿蒂娜·莫多蒂那样穿直裙和红色衬衣。弗里达特意选择了这种传统服装,不仅为了取悦迭戈,还因为当时特万特佩克和胡奇坦地区的妇女已经成为原住民反抗运动的化身,她们还象征着女权主义,代表了印第安妇女获得自由胜利的女权主旨。两次世界大战之间,特万特佩克传奇般的母权制吸引了所有学者、诗人、随笔作者,特别是画家。在萨托尼诺·赫兰看来,特华纳服装不过是用来突出安达卢西亚地区的传统风格,其花边装饰和丰富色彩令人眼花缭乱,却不免矫揉造作。但是对于迭戈·里维拉、奥罗兹科、塔马约、罗伯托·蒙特尼格罗或玛莉亚·伊兹桂多来说,特华纳妇女所体现的却是与她们不可分离的故土:特万特佩克海滨是片热带沙漠,气候炎热恶劣,白天各个村落皆暴露于太阳的暴晒之中,而夜晚却回荡着印第安人节日的欢声笑语。

一九二五年,一九二八年,从纽约归国;一九三四年,一九三五年,每一次迭戈需要冲击力强的震撼画面,需要伊甸园般的景致时,便会来到特万特佩克汲取创作灵感。但这却是一片尘土飞扬,地貌崎岖的伊甸园。在这里,妇女都有着宽阔的后背,女像座柱一般的浑圆结实的肩膀,她们一丝不挂,无所顾忌地沐浴在大河之中。迭戈·里维拉画的沙里那·克鲁兹沙滩上洗澡的女人,如同塞尚的浴女或高更笔下的塔希提女人,有着同样的漫不经心,同样不含恶意的挑逗,同样的外表:色彩斑斓的长裙,赤裸的上身,嵌着木芙蓉花朵的长长发辫。二十世纪三十年代,人们前往特万特佩克,是希望能够寻找到传说中的人间天堂。电影人谢尔盖·爱森斯坦在自己的日记中写道:"底格里斯河与幼发拉底河之间的区域根本不存在伊甸园,毫无疑问,这里才是伊甸园,就在墨西哥湾和特旺特佩克之间。"①从特旺特佩克和胡奇坦归来,爱德华·维斯顿、蒂娜·莫多蒂、洛拉·阿尔瓦雷斯·布拉沃和其他很多人都带回来大量美轮美奂的照片,展现了这些如此美丽、大胆的特华纳妇女:她们在海峡村落中打理着生意,享受着充分的性欲自由,完全没有罪孽的概念,不受任何禁忌约束。超现实主义展览期间,保尔和多米尼克·艾吕雅游历了墨西哥,两人为特华纳女子的美丽和自由兴奋不已,甚至决定就在那里依据当地土著习俗举行了婚礼。

弗里达开始时只是本能地追随特华纳风格,不知不觉中,这却成了她的第二本性,她的外在形象,她的盔甲。她像特华纳女子一般着装,梳头,像她们一样谈吐,同样的大胆与真诚。正如小说家安德列斯·埃内斯特罗萨②所感叹的:"胡齐坦妇女毫无禁忌约束,没有她们不敢说不敢做的。"③

伐斯冈萨雷斯所描述的"带着项链和金片儿,穿着蓝

---

① 埃莱娜·波尼亚托夫斯卡,格拉谢拉·伊图尔维德,《女人的胡齐坦》,墨西哥城,一九八九年,第十七页。——原注
② 安德列斯·埃内斯特罗萨(1906—2008),墨西哥作家、政治家。
③ 埃莱娜·波尼亚托夫斯卡,格拉谢拉·伊图尔维德,《女人的胡齐坦》,第十二页。——原注

色或橘红色宽松短袖衫,用充满激情的嗓音开着玩笑,讨价还价"①的特华纳妇女象征着印第安人的特性,同时还能让人联想起奥利维·德布罗斯所说的茨冈人,代表着"女性反叛,性欲自由,过着流动买卖和魔术杂耍的生活。"摄影师格拉谢拉·伊图尔维德在精美的图片集中绝妙地展现了特华纳妇女的一贯的典雅,而埃莱娜·波尼亚托夫斯卡则在该书中将她们比作"行走的巨塔",这正是弗里达希望自己成为的样子。桑东加舞缓慢的节奏带着弗里达步入自己的梦幻世界。在那里,她永远陪伴迭戈左右,与众人一起围成圆圈,跳起祭祀舞蹈,这是祈求丰产的祭献仪式,这是令人眩晕的爱情漩涡。"桑东加是特旺特佩克地区的赞歌,如同胡齐坦地区的幽洛纳。伴随这两种音乐都能跳起华尔兹舞。啊,可怜的我,幽洛纳,幽洛纳,昨天与今天都在跳幽洛纳,向前,向后,赤裸的脚板拍打着地面,裙子将地面抚扫出圆形印记。海螺、邦戈鼓、巴克他鼓、非洲传来的马林巴琴,还有被叫做'比托斯'的木笛和竹笛,被称作'卡哈'的鼓,印第安人的'比古',挂在乐师脖间的乌龟壳,这些原始乐器一起奏响那古老的歌谣,柔和缓

---

① 何塞·伐斯冈萨雷斯,《克里奥约的尤利西斯》,墨西哥城,一九八五年,II,一九八一年。——原注

慢,带着忧郁。"①

胡齐坦诗人胡安·莫拉雷斯称赞特华纳女子"如深邃的大海般神秘"。②

维斯顿将特华纳妇女视为古老的阿提郎特岛居民的继承者,她们如此自由,如此美丽,为自己的身体和命运感到无比幸福。桑东加舞带着她们进入了弗里达的梦幻世界,一起欢度那永远的印第安节日庆典,直至梦的尽头。弗里达也正是穿着那绝妙的特华纳服装,前额带着迭戈的印记,向世界发出质问,如同一个被自己的力量所囚禁的新娘。

弗里达也正是穿着那身白色长裙离开了男人们的世界。

---

① 埃莱娜·波尼亚托夫斯卡,格拉谢拉·伊图尔维德,《女人的胡齐坦》,第十二页——原注
② 费拉德勒弗·菲格罗阿,《特华纳女子与桑东加舞蹈》,瓦哈卡,一九九〇年。——原注

将革命进行到底

虽然迭戈·里维拉和弗里达·卡洛同为小资产阶级出身,而且在波菲里奥·迪亚斯统治时期都有所受益,但两人政治上的经历却有所不同。迭戈在欧洲经历了漫长的意识觉醒,从而成熟。他在那里遭遇了战争的冲击,在蒙巴纳斯结识了伊利亚·爱伦堡、毕加索、艾黎·福尔,他所频繁交往的俄国移民群体在一九一四年前传播着革命火种。而弗里达·卡洛则更具直觉力,同时更充满激情。生命将尽,她向知己拉克尔·蒂波尔吐露心声:"我的绘画没有革命性。我干吗要试图让别人相信自己的绘画具有战斗性?我做不到。"① 弗里达的革命与迭戈的革命不一样,因为她

---

① 拉克尔·蒂波尔,《弗里达·卡洛,剖开的生命》,第一百三十二页。——原注

的战斗根本不具政治倾向,也没有共产党为艺术规定的教育目的。每次需要时,弗里达都与迭戈一起并肩走在游行的最前列,即便如此,终其一生,弗里达在政治斗争中一直隐退在迭戈身后。在对共产党的支持上,弗里达的意愿中带着点模糊、挑剔和矛盾的东西,使她不能让自己的艺术创作服从于共产党的行为准则。对于弗里达而言,艺术既非宣传手段,也不是象征手法。毫不夸张地说,艺术成为弗里达自己继续生存,经历感情和肉体毁灭仍能活下去的唯一方式。说到底,艺术是她的全部一切,所以对于任何限制她自由,扭曲她本意的事情,她拒不接受——绝不妥协。于是,她拒绝加入超现实主义的阵营。也正因为如此,她始终反对以政治观点解释她的艺术,拒绝随意地给自己的艺术添加目的性。

跟随所爱的男人经历所有政治历险,她已足矣。而绘画对于弗里达而言,是表达自己对迭戈的爱,诉说这种爱带来的痛苦,展示尘世的局限,呈现自己对永恒之爱的信仰。她用绘画向自己说出这一切,尤其向迭戈倾诉,似乎世间其余一切从来都不重要。

弗里达站在迭戈身后,观察着人类激情的跌宕起伏:贪婪的野心、背叛、嫉妒、阴谋的策划;观看着人们在舞台上不知疲倦地表演着严肃的政治闹剧。迭戈·里维拉便在她的注视下奋斗着——她易怒的目光充满爱意，有时带着粗暴的批判，但从未无动于衷。这种目光改变着迭戈，影响着他的决定；也正是这种目光，指引激励着他的行为。其他任何女性从未对他产生过如此大的影响。弗里达隐没在他身后，她的目光，她对爱坚定不移的信念将两人永远地结合在一起，这便是她坚持革命的唯一原因。迭戈·里维拉一生中，一直都在与共产主义结盟还是奉行个人主义之间摇摆波动。就像他对于接受生活的诱惑——纷繁的活动、情欲征服、旅行、钱权——还是维护自己内心这片天地两者而犹疑不决一样。在大学预科的阶梯教室中，那个几乎还是孩子的少女，大胆地走到脚手架前盯着他，那漆黑的双眼闪烁着嘲讽、焦虑和探寻的目光，首次落到他的身上。从那时起，他便把弗里达的面孔深深地印在了心底。

当时，迭戈声名鹊起，他受到过争议，获现代艺术大师赞扬，遭本国评论家妒忌，被荣誉和美女团团包围。这个大家公认的壁画运动领袖，却因从弗里达目光中捕捉到的，与自己截然不同的秉性——粗野的真诚，自我封闭，拒绝一切妥协和荣耀——而感动。他看见了少女柔弱的身体和闪烁着智慧和清纯的秀丽脸庞，更看到了那坚忍不拔、植根于心底的顽强意志。所以，迭戈失去弗里达显然无法生活下去，而弗里达也无法转移自己的视线，不去关注自己心仪的男人。在他的身上，弗里达寄托的远远不只是欲望或仰慕，而是自己的一生。

所以，这对画家夫妻的故事具有典范性。生活中的不测风云、勾心斗角、幻灭失望都无法打破他们之间的关系，这不是一种依赖，而是一种永久的交流沟通，就像流动的血液，呼吸的空气一般。迭戈和弗里达的爱情如同墨西哥本身，像土地和季节更替、气候和文化反差一样，经历着起伏变迁。这是痛苦和无情造就的关系，但也是一种绝对必然。弗里达象征着古老的墨西哥，她像带着祖先面具的土地女神，伴着缓慢的宗教舞蹈下降到凡尘之间。这个印第安女巨人，奉献了如天穹玉液般的奶水，用山脉一般有力的双臂紧紧拥抱着孩子。她是集市上俯身研磨的妇女们、踟蹰在富人区街道上遭领主豪宅狗吠的背土女工们无言的声音。她是孩子们孤单惊恐的目光。她是血泊中产妇的身躯。她是蹲坐在住宅区院落中，单调地吟诵着无尽的孤寂所孕育出咒语的白发苍苍女巫师的侧影。她是美洲印第安造物主的灵魂——于西方世界毫无所求，从内心深处挖掘承载着血的神话，震颤着不倦记忆的古老意识，从造物者自己的肉体上一片片撕扯下来的灵魂。

战争结束后,迭戈重返墨西哥开始新生活。他在不知不觉间,已经意识到了弗里达的存在。一九二四年他创作了俯身"马塔它"①的捣玉米的女工,在查平哥画了拾麦穗的印第安妇女,并在教育部壁画中,呈现了压迫者和暴君目光下,依然坚守的萨帕塔的忧郁战士。迭戈在进行这些创作时已然开始找寻弗里达的身影。迭戈,这位公众演说家,墨西哥共产党的领导人,这个敢于在纽约挑战纳尔逊·洛克菲勒的男人,他开创了现代民间艺术,并以自己惊人的创造力覆盖了几千平米的墙壁。然而,他所急切需要的却是一个柔弱、孤单,身体惨遭痛苦重创的女子,因为她的目光能将自己引领至人类思想深不可测的漩涡之中。

而当人生走向下坡时,迭戈·里维拉才能体会到自己的所有一切都应归功于弗里达对待革命的一丝不苟。她从不改变,从不向钱权妥协。尽管政治形势瞬息万变,迭戈却一直忠于革命,忠于一九二一年壁画家们提出的精神,忠于这个一切都有待开创的神奇时代。这一切都归功于弗里达。一九四五年,他在名为《就这样》的杂志中写道:

---

① 原文为 Mateta,当地一种研磨石。

"在墨西哥,政治和美学方面真正具有革命精神的画家,第一次能够在公共和私人建筑的墙壁上进行创作。而在世界绘画史上,这也是人类史诗第一次被铭记在墙壁之上,它展现了行动中人民群众的力量,而不再是神话或政治英雄。"①

法西斯战争的阴影笼罩了全球,迭戈再次激活了他一九一八年离开惨遭蹂躏的欧洲时的革命情怀。他认定,在这一片废墟的世界上,墨西哥应"不再理会欧洲,而应试图与亚洲结成新的结盟"。这里指的是,与印度,与掀起革命的远东民众,以及与中国,这个"卓越的巨人"②。在墨西哥迈向现代生活之际,温厚的巨魔重新找回了年轻时那种斗士的激昂,他控诉"为艺术而艺术"的虚伪,揭下了第二帝国小资产阶级抽象派的伪善面纱。在《墨西哥的艺术问题》一文中(《目录》,一九五二年三月),他激烈批判了自己的宿敌,那些《当代》时期残存的艺术纯洁者,奥尔蒂斯·德·蒙特利亚诺、希尔维托·欧文、沃夫冈·帕伦——他故意把他姓名错拼为 Wolfranck Pahallen,意为"蜡烛烟般的超现实主义画家"——以及鲁菲诺·塔马约。

---

① 迭戈·里维拉,《艺术与政治》,第二百八十八页。——原注
② 迭戈·里维拉,《艺术与政治》,第三百二十八页。——原注

他控诉这些曾受到超现实主义和布勒东这个"政治堕落者"影响的画家，现在全部回到了"依旧肥壮的资产阶级奶牛的乳房之下"。他们为法西斯铺设了温床，他们导致了希特勒这个"西方制造，用以摧毁苏联布尔什维克革命的纳粹法西斯机器人"①的出现。迭戈开始向现代绘画和评论开战，猛烈之势可与伊利亚·爱伦堡笔下的胡里奥·胡列尼托相比。他批评指责胡斯蒂诺·费尔南德斯，说他是"为墨西哥城神圣主教服务的建筑师"，路易斯·卡多萨·伊·阿拉贡则是"那种小资产阶级诗歌、外交和评论的所谓专家"，这两人都胆敢支持自己的对手何塞·克莱门特·奥罗兹科，把真实的艺术变成了"反造型艺术和立体派的那些弄虚作假的东西"。在破除传统观念的冲动下，迭戈甚至把北美艺术爱好者的偶像乔治亚·奥基弗贬得一文不值，"她画的那些放大了的花朵就像是女人的性器官。景色如此抽象，就像是纸板搭造，再用最蹩脚的方式拍下来的东西。"②对迭戈而言，这种因循守旧、矫揉造作的艺术，在收藏者错误的追捧下，已经成为"塞满细绒毛的丝绸鸭绒被，试图借此压制墨西哥壁画主义革命的呼声"③。

---

①② 迭戈·里维拉，《艺术与政治》，第三百三十五页。——原注
③ 迭戈·里维拉，《艺术与政治》，第三百二十五页。——原注

然而，面对壁画艺术不可挽回的衰败，这个年老的艺术游击战士的控诉不免带有了一丝苦涩。他曾经希望壁画能成为人民大众的艺术方式，尽管百般努力，自己的艺术已然成为博物馆中的陈列品，富豪和权势投机倒卖的东西。革命时代已告结束。那时，迭戈正在建造阿纳华卡利博物馆。这个画家空想的金字塔，将作为西班牙征服前时期辉煌文化的祭坛，象征对欧洲和美洲帝国主义文化压迫的反抗。迭戈不仅要完成这个自己一生中的重要作品，而且还需要为可怜的弗里达支付手术和不断治疗的医疗费用。为了应付这些支出，他被迫不停地绘制油画，水彩画，参加艺术书籍的编写，甚至还答应了一些颇为低级趣味的创作，例如为改革饭店的希罗斯酒吧进行装饰。此时的境遇，与一九二五年迭戈为《墨西哥民风》创作文章而跑遍各个龙舌兰酒酒铺时大相径庭。在当时参观过的酒铺中，《遗忘之酒》《革命》《看热闹的猴子》①这些名字如青春的革命诗歌激荡回响，饱含着辛辣的讽刺，是人民的真正武器。

一九四七年创作的《亚拉美达公园星期日午后的梦》是迭戈最后的战斗作品之一。迭戈既没有把这幅画呈现在民

---

① 也可能是《微醉的猴子》。

众造就的宫殿大厅内,也没有放在博物馆里,而是画在了普拉多饭店的餐厅中。这幅画如同是迭戈的自传,甚至是他一生的讽刺画。他生命中遇到的人物一一出现在画中,像是为幽灵所绘制的肖像:温厚的巨人雕刻家何塞·瓜达卢佩·波萨达挽着死神的手臂;美好时代里生活安逸、服饰轻佻的女市民;而弗里达则身穿特华纳裙站在荷西·马提身边,一手拿着阴阳符,一只手搭在独子迭戈的肩膀上。画中的迭戈是个十二岁左右的小男孩模样,正是他第一次踏入圣卡罗斯学院的年纪。在画中,迭戈还写上了一八三八年伊格纳西奥·拉米莱兹(他被自己的同学称为"黑人"①)在来特兰文学院的一次会议上所说过的话:"上帝并不存在。"如此挑衅势必引起轩然大波,此画遭到了天主教学生的袭击,他们撕扯画作,并用小刀刮擦这段亵渎神明的文字。

随后报界发动的攻势并未让迭戈感到不快,相反,他又重新找回了青年时期的斗争热情。他抨击那些过分虔诚的宗教信徒,严斥那些与人民为敌的天主教教士。战后米格尔·阿莱曼统治下的墨西哥奉行和解政治,提倡与资产

---

① 伊格纳西奥·拉米莱兹的外号。

阶级和大业主结成联盟。迭戈的创作——造成墨西哥城大主教拒绝前来为普拉多饭店祝圣——不只是一种挑衅，更是要再次唤起一种反抗精神。在迭戈·里维拉看来，这便是墨西哥的唯一革命理想，正如后来他在《目录》中写道："从社会层面上看，艺术具有一种内在进步性，也就是颠覆性。若缺乏有组织的颠覆，就不可能获得进步，也就是革命。"①他在记者面前表示，"上帝并不存在"这句引起非议的话，一八三八年能够在来特兰学院里公开表达，而一百一十年后，却无法出现在一幅画上，这也就是说贝尼托·华雷斯所争取到的自由已不复存在了，那就要像一八五七年那样重新来过，"直到获得格雷塔罗②胜利！"③

如他一贯所为，迭戈开始寻求权贵的支持，特别是来自美国的声援。颇为矛盾的是，支持他的竟是造访墨西哥城的费城大主教多赫蒂，他表示赞同里维拉，支持言论自由的权利。不过，这幅画被覆盖上了篷布，禁止向公众开

---

① 《墨西哥的艺术话题》，选自迭戈·里维拉《艺术与政治》，第三百二十二页。——原注
② 格雷塔罗是墨西哥独立和革命的摇篮，曾为墨西哥临时首都。
③ 迭戈·里维拉，《艺术与政治》，第四百四十六页。——原注

放,直到一九五六年才得以重见天日。那时,画家年事已高,受尽疾病折磨,但仍不失幽默,在特别为此前来的新闻界人士前,自己擦掉了这句引起议论纷争的话,爬下脚手架宣布说:"我是天主教徒。"甚至还恶意地评说道:"现在你们可以打电话通知莫斯科了。"

在生命的尽头,革命对于迭戈来说又重新恢复到年轻时的样子。曾几何时,迭戈这个蒙巴纳斯巨魔,与毕加索和莫迪里阿尼一起挑衅思想正统的资产阶级,他已经预计这场动荡和颠覆价值观的运动,很快就会把墨西哥推入历史的最大漩涡之中。迭戈的革命是孤独的,煽动性的,咄咄逼人的,具有彻头彻尾的个人主义色彩。他的革命优先采取了艺术之路,他用自己蛮横、性感、决不妥协的艺术,摆脱了所有的平淡无奇,在每一刻都焕发出必然夺目的光彩。

而迭戈革命的核心,就是弗里达。她的确是"如自己掌上明珠般的女孩儿",通过她,迭戈才能真正地领悟世界。她知道自己的秘密,了解自己的灵魂,像是心里的另一个自己,引领、指导自己,令自己下定决心。毫无疑问,弗里达·卡洛是墨西哥革命时代的女性中最强有力的人物之一。正是由于她,迭戈才能坚持不懈地把自己的革命坚持到底，没有像伐斯冈萨雷斯和塔马约，由于权力诱惑或害怕风险而在革命的道路上止步不前。正是弗里达激发了迭戈战斗的青春活力。而迭戈的狂热战斗激情也鼓舞着弗里达，甚至当她被病痛困在床上，囚禁在钢制胸衣中，被迫接受最残酷的治疗时。脊柱延伸、穿刺，连续不断的手术将弗里达的身体变成了一个伤痕累累的医疗物件，就像一九四六年她创作的《希望之树，坚强不屈》所展现的那样，在这幅残酷的画作中，弗里达端坐在那里，身边的另一个自己如幽灵般躺在担架上。背景中，无情的阳光和月光蹂躏着满是裂纹的荒漠。

两个极为迥异的人本来很难结合在一起，而这也正是迭戈和弗里达这对夫妻动荡混乱的生活中最为奇妙的事情。两个人均为艺术家，都是革命者，然而，他们的创作和革命却截然不同。在对爱的理解，幸福的追寻和生命本身的看法上，两个人也完全相反。与迭戈·里维拉的政治热情，以及他身边的阴谋诡计相比——这些勾心斗角让迭戈在权力和革命信仰，在美国和苏维埃之间游移不定——弗里达的生活则光明正大，简单至极。在国立大学预科上学时，还是少女的她便投身政治。那时她就崇拜克伦斯基、列宁、托洛茨基等苏联革命中的传奇人物，又为墨西哥革命的人民英雄，弗朗西斯科·马德罗、阿尔瓦罗·奥布里刚狂热不已。她特别钦佩强盗比利亚和印第安大天使艾米利亚·萨帕塔，在她还是孩童时，这两个民间首领就被效力于美帝国主义的叛徒们杀害。弗里达·卡洛思想成熟过程中最为重要的人物当属意大利女革命家蒂娜·莫多蒂，她也是弗里达最亲近的人。她们以同样的决心武装自己，具有一样的热忱活力，坚持自己定下的目标，毫不软弱，从不回头。蒂娜在一九二五年给爱德华·维斯顿信中的告白，应该就是当年青年弗里达的心声："我在自己的生活中融入了太多艺术，我说的是活力，所以对艺术我所剩无几。我说的艺术是指创作，无论何种形式。"①对于弗里达·卡洛而言，活力就是将她卷入革命运动的力量，即便目的与蒂娜·莫多蒂的并不相同。对后者而言，探求肉体和精神完整性，亦如受压迫者渴望真理，希望从奴役束缚中获得解放。在迭戈·里维拉与共产党决裂时，蒂娜·莫多蒂向维斯顿说"这是个被动消极的人"，这对于迭戈是一句残忍蔑视的评论。相反，弗里达投身政治却完全是积极主动的，她为之倾其一生。而绘画，有时是言语，则是她用来表达

---

① 爱德华·维斯顿，《流水账》，第一卷，第四十页。——原注

自己向往自由的方式。

对于弗里达,爱甚至也是一种反抗。爱就意味着燃烧、夺取,爱是宗教和仪式,是奉献的意愿。为了爱,弗里达破除了一切,她的母性本能,青春时所追求的消遣和奢侈。从某种程度上,甚至让她抛弃了作为画家的雄心壮志和作为女性的自尊。弗里达的一生,一直都对一九二七至一九二八年间树立的理想忠贞不渝。在那个年代,尼加拉瓜外部力量委员会为支持革命家塞萨尔·奥古斯托·桑迪诺而进行游行示威,这位革命家为了抵抗美国联合果品公司和北美帝国主义对祖国的侵占而斗争,最后倒在了暗杀者的枪弹之下。弗里达也一直坚持着自己对爱的理想,就像蒂娜·莫多蒂和胡里奥·安东尼奥·麦拉这对夫妻所象征的爱情:蒂娜具有地中海美人的面孔,维斯顿镜头中雕塑般的优美身躯;麦拉则具有黑人和印第安人混血儿的线条轮廓,有种浪漫美,总是身穿铁路工人的衬衣,头戴巴拿马草帽。爱,将他们的身体结合在一起,也将他们的思想在革命的绝对中连在了一起。然而一九二九年一月十日那一晚,这样的爱却被悲惨地摧毁了:麦拉倒在了暴君马查多警察的子弹下,在蒂娜怀中死去。

二十年后,弗里达并没有改变。对于特殊时期结识的所有人，她那时的信仰，他们为之斗争的理想，她仍记忆犹新。的确，与壁画家们的宏伟创作相反，弗里达的绘画并不是"革命性"的，也无法见证她的政治理想。但她的革命是与众不同的，她的斗争不是具有政治倾向性的艺术。她的战斗是内在的，它讲述着日常生活，展现了她的孤独生活，病痛的束缚，自尊带来的伤害，以及在一个男性掌控的墨西哥社会，作为女性的不易。她的革命，同样也是她的抗争，是她对周围所有一切所投去的爱慕和恐惧的目光，是摆脱不开的死亡纠缠，是对一切温柔、弱小事物的怜悯同情，是将"蓝屋"、花园、陪伴自己的宠物都在内的那个焦虑且微妙的宇宙拥入怀中的梦想。弗里达的革命，是体内病痛的爆发，是为减轻痛苦而接受的越来越大剂量的镇定剂（杜冷丁），是焦虑时抽吸的大麻——为了摆脱病痛，也为了偷偷享有一刻非现实的无忧无痛。

弗里达的革命，是她心中对战胜自身病痛和困难的不懈希望。她那破碎的脊柱经过手术介入和骨移植修补，成为一棵"希望之树"。她在这些年间描绘的画作流露出她对生命的态度转变。一幕幕病态血腥的画面为一种绝望的宁静所替代，成为绘画史中绝无仅有的作品。她的面部依然毫无表情，空虚和焦虑加剧了眩晕，周围放置的多面镜子不断地折射着她的质询。一九四四年洛拉·阿尔瓦雷斯·布拉沃在科约阿坎为她拍摄了一组绝妙的照片,便抓住了她的这种神态:弗里达爱恋自己的镜像,周围摆放的镜子将她的影像陷入重重包围之中。①她爱的并不是自己的映像,而是那有血有肉的真实肉体,生命的热力和温柔的感情。如今这种感情却慢慢地从身上流逝,如潮水退离,将自己留在冷漠之中。

在一幅自画像中,弗里达在前额画了一只燕子,翅膀与自己两道黑黑的眉毛融为一体。迭戈曾说过她的眉毛让他想起展翅飞翔的乌鸫的黑色翅膀,这便是对迭戈这番话的回忆。她还画上了命运之手的耳环,与头发交织在一起的蔬菜项链,当然还有永远悬挂于脸颊的泪珠。一九四七年七月她创作了一幅惊人的自画像。那时,她年满四十岁(为了忠于自己的出生日期②,她在题词中写道:"这里是我画下的自画像,我弗里达·卡洛镜中的映像。我三十七岁。")。画中,散落下来的头发披在右肩上,消瘦的脸庞

---

① 弗里达·卡洛,《肖像照》,埃莱娜·波尼亚托夫斯卡,卡尔拉·斯特勒韦齐,阿尔多出版社,巴黎,一九九二年。——原注
② 弗里达把发生墨西哥大革命的一九一〇年作为自己的出生日期,实际上那时她已经三岁。

在病痛的折磨下凹陷了下去。可她那探寻的目光，却穿透所有屏障和所有假象注视着前方，那冷淡凝视的目光，如同一缕光线，能够长久地穿越时空，即使在星球陨殁之后。弗里达·卡洛从未创作过任何一幅革命题材的画作，但在现代绘画史上，却可能从未有过任何一幅作品，比这幅自画像更扰人心绪，令人困惑，让人震惊。也许要一直追溯到现代艺术的本源，在海牙莫瑞泰斯皇家美术馆收藏的伦勃朗自画像中才能找到相当的作品。

离别在假期

科约阿坎的"蓝屋"如同陷阱一般困住了弗里达,只有绘画还时而能将她解救出来。迭戈·里维拉则在外依旧过着纷乱不堪的生活——女演员玛利亚·菲利克斯陪迭戈去了美国,画家竟然把她画成紧紧搂抱孩子的印第安母亲形象,两人间的关系招致了闲言碎语。迭戈基本不再去科约阿坎,他四处生活,在圣安吉勒的工作间绘画。拉萨罗·卡德纳斯统治末期,迭戈曾消失过一段时间,现在他又重新成为社交界的宠儿,人们谈论最多的对象。他的政治立场,他拈花惹草的风流,他非凡的工作威力,无不引发流言蜚语,招致议论纷纷。他同时进行了好几项工程——在国民宫,普拉多酒店,还有那项实际上不可能完成的计划,就是在查普特佩克的一个蓄水池创作《水,生命之源》——一个将会被池水淹没的壁画。正因为这是个实际上无法实施的计划,迭戈才会对此尤为着迷。迭戈就像是太阳,这个残忍的星体按照自己的轨道周而复始地为植物的性萼授粉,随后将其灼伤,令之枯萎凋谢,就像弗里达一九四七年在《太阳与生命》中展现的那样。男性的革命,犹如星体的运行,不可能等同于女性的革命,因为社会赋予了前者掌控生死的能力,留给后者的却是痛苦和对生命之爱。

对于弗里达·卡洛来说,一九五〇至一九五一这一年很是可怕。她的右脚开始长坏疽,需要将脚趾截肢。她的脊柱接受了一次手术,期间,英国医院的胡安·法里尔医生尝试了一次骨移植,却终因感染而告失败。一九五〇年三月至十一月间,弗里达一共经受了六次手术。迭戈为弗里达的不幸遭遇而感动,时常陪伴左右。尽管如此,弗里达精疲力竭,但活力尚存。在医院的房间里,弗里达被困在病床上,穿着钢板和石膏制成的胸衣动弹不得,但她还能拿自己的痛苦开玩笑,跟周围的人诙谐地说笑。她装饰自己的病房,甚至还打扮那件可怕的石膏背心,在上面画上代表共产党的星星、镰刀和斧子,就像她请人拍下的自己躺在医院病床上与迭戈相拥抱的照片上显现的那样。那时,迭戈也重拾了婚后最初几年对待妻子温柔亲热的举动。为了让弗里达开心,迭戈坐在她身边,为她唱歌,做鬼脸,编些谎话逗她笑。据阿德利娜·桑德哈描述,她前往医院探望弗里达,看到迭戈正绕着弗里达的床跳舞,拿着鼓铃打着节拍,就像个耍狗熊的人①。弗里达在自己的日记中,依旧反抗着肉体所遭到的毁灭带来的眩晕。

"我不痛苦,只是累……,我常常感到绝望,一种无法言表的绝望,这是很自然的事儿……我非常想画画,特别想改变我的绘画方式,让它能够有所用途。因为直到现在,我只是画了些还算过得去的个人表达,与对党有所益处的绘画完全不相干。我必须用尽我的全部力量抗争,这样我身体残存的有益东西还能为革命服务。这是我继续活下去的唯一理由。"②

弗里达一直和自己的医生保持着特别的关系,他们很快都成为她的知己,甚至她的心腹。法里尔医生认为手术在所难免。弗里达给他写信,以便克服自己对手术的恐惧焦虑。就像以前写给旧金山的埃劳塞医生那样,她在信的

---

① 玛尔塔·萨莫拉,《焦虑的画笔》,第一百一十八页。——原注
② 拉克尔·蒂波尔,《弗里达·卡洛,剖开的生命》,第六十三页。——原注

开头也用了同样温情的称呼——"亲爱的医生"。一切结束时，弗里达为了表示对医生的感谢，把法里尔医生画在自己的作品中。画中，医生的肖像出现在支架挂着的画布上，旁边的她身穿瓦哈卡白色的套头披风和黑色长裙，坐在轮椅上。为了展现艺术和生命毋庸置疑的关系，她把调色板画成了呈现血管的自己的心脏，而右手中的画笔则浸透着自己的血液。

在这种极端虚弱的状态下，弗里达对一切关心备至，她以数十倍的焦虑窥探着外部世界。她的痛苦演绎成一种新的语言，一种对周围一切极端的感知方式。她的目光再次回到一直喜爱的那些人身上：受屈辱的印第安人，科约阿坎的妇女，迭戈为她画的孩童。他们的眼神都在不断地探寻，就像她几年前创作的那只受伤小鹿所流露的目光。

如此远离迭戈，远离了那些在墨西哥城中心火热生活的朋友，弗里达没完没了地漫长等待在科约阿坎的孤寂中。她重新从头开始，在医院画的卡洛家族谱系素描图的基础上完成油画，扩充了一九三六年绘画职业开始时创作的谱系图。其中展现了自己的姐妹，侄子安东尼奥，而画的中央则是她从未能够孕育的胎儿。

自一九四三年开始，弗里达第一次开始画静物画，她采用了瓜纳华托地区还愿画家埃梅内希尔多·布斯托质朴的绘画手法。她描绘了一些水果，用强烈的色彩，被剖开的水果与果皮分离，呈现血淋淋的果肉，展现了隐藏的籽粒。恐惧和焦虑无处不在，甚至存在于最为简单的事物里。在其中一幅名为《看到剖开的生命感到惊恐的新娘》的静物画中，弗里达借助画中的根系，呈现了"动的自然""光线""生活和胡安·法里尔医生万岁"等字样。在她的日记中，她写下了自己所梦想的永恒生命的小诗："爱神木 性熔岩 轻柔的 迸发 甜酒 爱情 优雅 万岁。"

迭戈·里维拉一如既往地投入到新的战斗之中，为国民宫的活版壁画创作而忙碌。在创作了《亚拉美达公园星期日午后的梦》三年后，他以《战争噩梦与和平梦想》又一次掀起对资产阶级的挑战，这幅画献给二十个世纪的墨西哥艺术展。这次展览由曾经在纽约为芭蕾舞《马力》的演出与迭戈一起工作过的美术学院的院长、作曲家卡洛斯·查斯维组织，将在欧洲的首都城市（巴黎、伦敦、斯德哥尔摩）巡回展出。在这幅创作中，迭戈最后一次画上了弗里达，她坐在轮椅上，出现在克里斯蒂娜身边。他还描绘了伟大的革命英雄斯大林和毛泽东，将被战胜的人类敌人画成代表帝国主义的约翰牛、山姆大叔和美丽的玛丽安娜①。

文化部出于政治原因拒绝了迭戈的这幅画，画家的愤怒爆发了。他指责总统米格尔·阿莱曼为了获得诺贝尔和平奖而不择手段，行事过分胆小谨慎，生怕因为支持了一幅颂扬革命的作品而让评委会为难②。

弗里达离开自己的卧室，坐在轮椅上与迭戈一起照相。然而，说到底，迭戈的种种挑战已与她不再真正有关系了。在病痛所造成的极端孤寂中，弗里达的革命信仰已经变成了一个神秘的梦。她在最后创作的一幅自画像中，把自己画得十分模糊，如同幽灵一般。身旁是一幅斯大林的肖像，像个父亲模样的墨西哥农民。迭戈也出现在这幅画中，却是一颗炽热的太阳形象。在一九五四年所画的《马克思主义治愈病人》是她最后的创作之一，满是由于吸食毒品而产生的幻觉景象。她以自己收藏的还愿画的绘图方式呈现了一个奇迹：画中，弗里达被托在意识之手上，在马克思的注视下，直立在那里，把拐杖远远地扔在一边，脸上闪

---

① 分别代表英国、美国和法国。
② 该画后来被中华人民共和国政府购得（以三千美元的价格），但却在一九六八年"文化大革命"的浩劫中遗失了。——原注

烁着内心的快乐。

但是,奇迹却并没有发生,这只是弗里达的幻想。一九五三年初,弗里达的身体状况到达了油尽灯枯的境地,迭戈于是决定加快弗里达作品回顾展的筹备工作,为弗里达献上一次庆典。这次由美术学院筹办的盛大展览将是她最后的节日。女摄影师洛拉·阿尔瓦雷斯·布拉沃一直是他们的朋友,她建议在墨西哥城"粉色区",安博里斯街自己的现代艺术画廊举办这次展览。这次展览将汇集弗里达最多的创作,从她早先为妹妹克里斯蒂娜画的肖像画,一直到近期的创作,《受伤的小鹿》《迭戈和我》《爱的拥抱》等等。众人都期待这次展览能够带来一个奇迹,因为弗里达重新鼓起勇气,参与了这次庆典的筹备。她还自己编写了邀请函,以自己所喜爱的民间科里多诗的形式,写了一首夹杂着自嘲和柔情的诗歌:

我以发自心底的
爱和友谊
高兴地邀请你
参加我无奇的展览

你的口袋里装着手表
那么晚上八点
我在洛拉·阿尔瓦雷斯·布拉沃的画廊里
静候你

画廊就在安博里斯街12号
大门朝向街道
这样你就不会迷失方向
我不用向你过多解释

我只想了解
你公正且真诚的看法
你阅读书写甚多
你的学识最可信赖

这些绘画作品
我亲手一一画下
它们在墙壁上等待着
为我的同志们带来愉悦

> 所以，我的老朋友
> 里维拉之妻弗里达·卡洛
> 以真挚的友谊
> 全部的灵魂，感谢你①

就在展览前不久，洛拉·阿尔瓦雷斯·布拉沃为弗里达·卡洛拍下了一张照片：弗里达坐在科约阿坎的卧室里，已经为庆典做好了准备，她穿着瓦哈卡绣花短袖衫，梳着辫子，戴着珠宝，消瘦的面孔却流露出焦虑和倦怠。一九五三年四月十三日，弗里达病情严重，布拉沃一时曾想取消展览。然而迭戈却有了惊人的想法，将弗里达巨大的天盖床一直运到了市中心。天盖床被安放在画廊里，弗里达乘坐救护车前来，人们把她轻轻地放在床上。她穿着她最漂亮的萨巴特克长裙，化了妆，戴着金耳环和绿松石耳环。据洛拉·阿尔瓦雷斯·布拉沃的讲述②，从晚上七点半到十一点，激动且兴奋不已的公众涌向画廊，向这个被病魔摧毁的女性表达他们的崇敬和爱意。这位画家在天

---

① 玛尔塔·萨莫拉，《焦虑的画笔》，第二百一十五页。——原注
② 《回忆录》，选自《弗里达·卡洛相集》，一九九一年展览图册，达拉斯。——原注

盖床上流露壮烈的微笑,她大部分的肖像画正是在这张床上创作的。迭戈和弗里达的所有朋友都前来参加了这次庆典:儿时的朋友伊萨贝尔·坎波斯、阿尔杰德罗·戈麦斯·阿历亚斯、卡洛斯·贝里谢、卡门·法雷尔、弗里多斯·埃斯梅拉达、吉列尔莫·蒙洛伊、阿图罗·加希亚·布斯托斯、法妮·拉贝尔、特莱萨·普埃纳萨、迭戈的秘书奥罗拉·雷耶斯、弗里达最喜爱的医生——罗伯托·加尔萨和贝拉斯科医生。墨西哥大型壁画主义的鼻祖阿特尔"博士"也来到这里,被切除了一条腿的他拄着拐杖握住弗里达的双手,停留了片刻。女歌唱家孔查·米切勒是大学预科时期共产党聚会时弗里达结识的一名好友,她为画家唱起了最喜欢的科里多诗,《小阿黛拉》《可怜的小鹿》,小说家安德烈斯·埃内斯特罗萨则为弗里达演绎了特万特佩克音乐桑东加和幽洛纳。

这次庆典大获成功。墨西哥城的居民表达了对弗里达的喜爱,迭戈则证明了自己对妻子的爱。他讲道:"她乘救护车前来,像个女英雄一样,被簇拥在崇拜者和朋友中间。"接着他说出了实情:"弗里达坐在大厅中,平静且幸福,很高兴看到这么多人前来,如此激动地向她表示敬意。她几乎没有说什么,但我后来想她一定已经意识到那时她正在向生命告别。"①

庆典之后的日子的确恐怖难熬。几个月后,弗里达的右腿患了坏疽,被送到了医院,贝拉斯科和法里尔医生向她宣布右腿必须截肢的消息。她以一贯的勇气面对了这一困境,在日记中用绘画的方式排解自己的焦虑,她画了自己被截肢的右腿,只写了一句话:

> 如果有翅膀可以飞翔,
> 为什么我还需要脚呢?

这之后,绘画对她来说也愈发困难了。由于使用了镇定剂,弗里达精神疲惫,抑郁消沉,这让她无法再用画笔和色彩的武器进行战斗。她只能用铅笔和钢笔,在日记的页面上,写下些凌乱的语句:

> 阳光下的舞蹈
> 　　　　(狗和狗头男人)
> 折断的翅膀

---

① 迭戈·里维拉,《我的艺术,我的生命》,第二百八十四页。——原注

> 你走吗？不
>
> （被摧毁的天使）

她在日记中还展现了祭祀的人类躯体，并写下了这样的字句："我四分五裂。"

死神夺去了好友查贝拉·比利亚索诺尔的生命，也纠缠着弗里达，时时在她身边游荡。一九五三年冬天她在日记中写道："查贝拉，直到我也离去，直到我在同样的路上与你相聚。走好，查贝拉。红色、红色、红色。生命、死亡。小鹿。小鹿。"也正是在这个冬季弗里达试图自杀，迭戈为此痛苦不堪，因而她在日记中许诺不会再重蹈覆辙。

> 你要自杀，你要自杀。
> 他们监视着那把病态的刀。
> 对，这的确是我的错。
> 我承认这是我的巨大错误。
> 如痛苦般巨大。

手术后，她向小鹿①吐露说："我的腿被截肢了，我从

---

① 此处不知道指谁，西班牙语里 bambi 就是"小鹿"的意思。

未如此痛苦。我的精神上遭受了冲击,一种不平衡改变了一切,甚至是血液循环的方式。我手术有七个月了,我还活着,更爱迭戈。我希望对他还能有点用处,继续用我满腔的快乐绘画,希望任何事都不要发生在迭戈身上。因为如果迭戈死了,我也与他一同去,不惜任何代价。请将我们两个埋在一起。别指望我在迭戈离去后还能活着。没有迭戈而苟活,我做不到。对我来说,他是我的儿子,我的母亲,我的父亲,我的丈夫,他是我的一切。"①

事实上,命运也不希望弗里达活得比迭戈长久。曾经维持弗里达生命,经历极多痛苦和绝望的那种能量,却随着截肢而逐渐流逝,迭戈称之为"痛苦的黑暗"。"她那温柔的心底,绽放了生物力量的美妙光辉,孕育了如此细腻的感觉,惊人的智慧和无可匹敌的勇气,因此她才能战斗和生存,向她的同胞们揭示如何应对和战胜逆反的力量,最终达到更高境界的快乐。缺少了这样的力量,未来世界将无法应对任何事情。"②

一九五四年六月,雨季又开始了,这时弗里达的健康状况出现了改善的假象。她看上去重新振作了起来,开始

---

① 玛尔塔·萨莫拉,《焦虑的画笔》,第一百三十四页。——原注
② 玛尔塔·萨莫拉,《焦虑的画笔》,第一百五十五页。——原注

向着绘画的新天地进发,盼望着为全球共产主义的到来与迭戈并肩作战。一九五三年十一月四日,在她的日记中,她写下了近乎神秘的必胜信心:"在为和平而工作着的复杂的人民革命装置中,我只是一个微不足道的零件。和平将在俄国-苏维埃-中国-捷克斯洛伐克-波兰这些新兴人民中诞生,我与他们血液相连,与美洲的印第安人血液相连。在这些亚洲人民的人群中,将一直都有我的面孔,墨西哥人民的形象:暗哑的皮肤,和谐的轮廓,毫无缺陷的优雅。黑人朋友们也将获得自由,他们如此美丽,如此勇猛……"①在科约阿坎停留期间,她创作了自己少数几幅"革命"画作,马克思和斯大林作为守护神的形象出现在画中。一九五四年七月二日,弗里达不顾法里尔医生的反对,陪同迭戈和画家胡安·奥戈尔曼外出前往参加反对美国干预危地马拉的会议,以表示对危地马拉总统哈克沃·阿本斯和共产主义者的支持。这位总统自从将美国联合果品公司在危地马拉的大片种植园收归国有后,就被美国中情局支持的卡洛斯·卡斯蒂略·阿尔马斯驱逐出了自己的国家。游行的前夜,弗里达遇到了即将前往危地马拉的阿德利

---

① 卡洛斯·蒙西巴依斯,《弗里达·卡洛,一段人生,一部作品》,Era,墨西哥城,一九九二年。——原注

娜·桑德哈,她甚至请求阿德利娜为自己带回一个可以被收养的印第安孩子。①那个下午下着雨,左卡罗广场的寒气对于弗里达来说是致命的,以前未治愈的肺炎又复发了。第二天,弗里达便病入膏肓。尽管发着高烧,她依然极其清醒。她在日记中写下了对自己不久人世的确信:素描画家波萨达如此沉迷的死亡舞会即将开始,而自己也将在"假期的亡灵"的最后旋律中被带走。她在科约阿坎的屋子里,孤单一人,周围只有自己的仆人。花园里,她的狗忧心忡忡,在紧闭的房门前躲避着细雨。

后来,迭戈·里维拉向格拉迪斯·玛尔迟讲述了他与弗里达共度的最后时刻。

"前一晚,她把为我们二十五周年(结婚)买好的戒指拿给了我,实际还要再过十七天。我问她为什么这么早给我礼物,她回答说'因为我感觉没多久就要离你而去了。'"②

在日记的最后一页,弗里达画了一个显现死亡的黑天使,并在旁边写下了一生中最可怕最残酷的言语,真正展

---

① 玛尔塔·萨莫拉,《焦虑的画笔》,第一百五十五页。——原注
② 迭戈·里维拉,《我的艺术,我的生命》,第二百八十五页。——原注

现了弗里达无可缺陷的性格。

"我希望离去是幸福的——我希望永远不再回来。"

七月十三日,确切地说,在度过四十七岁生日的第七天,弗里达离开了人世。

第二天下了倾盆大雨,弗里达穿着美丽的扬拉拉格白色衬衣,躺在开启的灵柩中,在迭戈的陪伴下前往国民宫,迭戈希望在那里向妻子做最后告别。随即,灵柩被覆盖上带有星星和镰刀、锤子图案的红色旗子,一直送到多洛雷斯公民墓地的焚烧炉前。

尾　声

　　弗里达躺在天盖床上，床顶的镜子反映出她凝固的影像。她那安详的面孔呈现死亡中的平静，柔弱的身体被黑裙和扬拉拉格白色长袖衬衣装扮得体，像是要去赴最后一次庆典——就像洛拉·阿尔瓦雷斯·布拉沃一九五四年七月十三日为她拍摄的照片那样：那是个周二的下午，弗里达躺在床上，身边都是她熟悉的东西——玫瑰花、架子上歪歪斜斜的书籍、玩偶娃娃和照片，胳膊上还叮着一只大胆放肆的苍蝇。所有这一切仅仅像是个梦，仿佛弗里达还会恢复呼吸，再次醒来，重新生活。现在，随着她真的最终离去，"蓝屋"平静地转为一个神话。外面，无毛狗守候在关闭的门外；寂静的院落中，细雨飘落，在水洼中溅起涟漪。

在最后的那段时间，弗里达几乎再没有离开过这个家，这个花园。她把这里当作了整个世界的缩影，而痛苦的锁链却把这个梦幻般的天地与不幸的现实紧密地联接在了一起。对弗里达而言，"蓝屋"是她对迭戈爱的圣堂，它将超越生命的磨难和死亡永续不断。

弗里达离去后，迭戈再没有回到科约阿坎去。他希望"蓝屋"不要变成博物馆——成为博物馆的想法无疑相当可怕——而成为一方圣地，向所有人开放，让每个人都可以感受到哪怕是些许弗里达绽放出来的美丽。她的美渗透在"蓝屋"的墙壁中，花园的植物里和她熟悉的每个物件上。

在这里，所有一切都停顿了下来，静止不动，像是在等待"小女孩"弗里达的醒来。

巨大的天盖床曾经禁锢了弗里达破碎不堪的身体，让人不寒而栗。她的枕头上却绣着温馨的词语：

两颗幸福的心

铺设蓝色和黄色釉砖的厨房里，摆放着原木大桌和特南辛戈漆椅，那壁炉曾是这间屋子充满活力的心脏。曾几何时，每逢节庆，妇女们便在这里忙碌不停。厨房里飘出烤辣椒的辛辣香味，传出手工制作玉米圆饼的声音。炉膛上方的墙壁上，五颜六色的小石子儿被拼写出迭戈和弗里达的名字。

餐厅中摆放着西班牙征服前时期的艺术品：阿兹特克面具、密克斯特克磨制石器、男性生殖器护身符、小鸟或宽胯女人形象的纳亚里特小雕像。当然还有蛤蟆人像萨波拉纳，这是弗里达给迭戈起的外号，意指他"纳华尔"①兽性的一面。

屋中寂静无声，一切都悬停凝滞。弗里达去世后，多洛雷斯·奥尔梅多决定把自己从莫里洛·萨发家购得的弗里达的绘画作品捐赠出来，将它们留在"蓝屋"。得知此事的迭戈感激涕零。为了向她表示感谢，他在照片上题词："为纪念我生命中的最大感动。"②迭戈和弗里达的绘画作品与印第安艺术品放在一起，摆在还愿画、面具和墨西哥民俗犹大玩偶中间。

屋里陈列着安杰丽卡·蒙特瑟拉特和卡门·蒙德拉

---

① 根据印第安土著文化，纳华尔（nahual）是半人半兽的神话人物。
② 多洛雷斯·奥尔梅多，《弗里达重归巴黎》，巴黎，一九九二年二月。——原注

贡——即纳慧·奥林,迭戈在大学预科阶梯教室作画时,弗里达曾经拿她开过玩笑——的肖像画以及弗里达一九二九年画的《少女》。这幅为了取悦迭戈而画的肖像,展示了印第安少女的纯真之美,且还可以从眼神中感受到她的恐惧。屋中还有弗里达在痛失孩子后在底特律医院的病床上描绘的钢笔画,并且摆放了卡洛家族的肖像以及弗里达最后的作品。那些画仿佛被渐渐逼近的死亡所迫,画中线条已经有些歪斜颤抖——弗里达那时说过"夜色已经开始降临到我的生命之中"。①——还能看到那幅称颂"共产主义的神圣力量解救虚弱病患"的创作,以及一九五四年所画的《生命万岁》,画中被切开的西瓜血红且柔弱,亦如生命本身。

屋外的花园中,仍能听到斑鸠咕咕的叫声,这曾是弗里达百听不厌、十分喜爱的歌曲。大树掩映着迭戈请水泥匠用夯土为弗里达建起的金字塔,每一级台阶上都摆放着古老的石头神像。所有她喜爱的植物依旧伫立在那里:棕

---

① 被截肢前,弗里达向好友小说家安德烈斯·埃内斯特罗萨吐露心声,从此以后,她的座右铭不再是"希望之树,坚强不屈",而是"夜色已经开始降临到我的生命之中"。海登·赫蕾拉,《弗里达传》,第四百一十六页。——原注

桐、木麻黄、尖叶落羽杉、迷人的海芋和长着锋利叶片的丝兰。迭戈最喜欢画海芋百合花，它们在索契米洛哥印第安女人黝黑双臂的怀抱中，如同性感的祭品一般。花园中央，在被截断的印度月桂树干上，按弗里达之意摆放着猫头鹰形状的古老石像，如今它依旧栖息在那里，如同一个满眼困惑的守夜人。

屋中，依然回荡着卡洛斯·贝里谢的临别之语，那是他留给弗里达最后的信件："你还记得吗，你离开的一周前，我跟你在一起，坐在你旁边椅子上。我为你讲故事，朗诵为你而写的十四行诗。你喜欢这些诗，所以我也喜欢。护士来给你打针，我想那时是十点吧，你开始昏昏欲睡，示意我上前。我拥抱了你，把你的右手放在我的手心中。你还记得这些吗？我熄灭了灯，你睡着了。我待了一会儿，看你睡觉。屋外的疾风骤雨不可思议地呼应了我的心境。你看上去筋疲力尽。我向你坦白，在离开你找公交车回家的路上，我在大街上流下了眼泪。现在，你终于获得了永久的解脱。我想对你说，其实是想对你重复，重复……总之，你是知道的……你就像那漆黑的夜幕笼罩的花园，那被暴风雨拍打的窗栏，那浸在血泊中的手帕，那满是泪痕的蝴蝶，那被撕裂、揉碎的日子，那泪海中的一滴泪水，那高唱胜利之歌的南洋杉,更是所有人前行道路上的一束阳光……"①

迭戈与弗里达相伴的最后时刻显得既可怕又诡异,如同墨西哥与死亡有关的一切事物。布置得威严肃穆的美术宫里,奏响了"科里多"乐曲,人群围拢在迭戈·里维拉和拉萨罗·卡德纳斯②身边。老迭戈的面孔由于痛苦而浮肿,对周围的一切无动于衷。接着,人群陪伴弗里达的遗体沿华雷斯大街走向多洛雷斯公墓。在焚烧炉前,大家纷纷涌向前面,希望能最后再看一眼"小女孩"的面孔——西盖罗斯描述说,点火后,火苗包围了弗里达的面孔,形成硕大的向日葵,就像是她想为自己献上的最后一幅肖像画。

依照墨西哥西部印第安人的古老习俗,弗里达的骨灰被放进口袋,陈放在她的卧室里,上面盖着死亡面具,一个很大的披巾围绕在旁边。几年之后,迭戈把弗里达的骨灰移放在一个外形是丰产女神的瓦哈卡骨灰罐中。

迭戈周围的人都认为,弗里达的离去让画家开始变得衰老。迭戈虽然很伤心,但孑然一身的时间并不长。

---

① 卡洛斯·蒙西巴依斯在《弗里达·卡洛,一段人生,一部作品》一书中引用,第十一页。——原注
② 墨西哥前总统。

一九五五年六月二十九日,他悄悄迎娶了几年来做他助手和经纪人的年轻女子埃马·赫塔多,这时距弗里达的葬礼还不到一年。里维拉的妹妹玛利亚·比娜在回忆录中描述,弗里达感到自己将不久于人世,便叫来了埃马,让她郑重许诺在自己死后嫁给迭戈,并好好地照顾他。①这悲怆的一幕,并不会让人难以置信。

迭戈继续绘画,为国民宫绘制《墨西哥的经济社会历史》,为大学城的化学学院以及大学运动场创作壁画。他希望在如金字塔迷宫一般的阿纳华卡利博物馆周围建造艺术之城,并开始为这个年轻时的梦想描绘蓝图。

迭戈患了阴茎癌。病痛折磨着他,却无法耗尽他的创造活力。一九五六年起,迭戈频繁地在公共集会上发言,参与政治辩论。他为共产党举办教育讲座,在会上确认了自己一直坚持的理想:"事实上,艺术就像是人类社会组织的血液一样。"

他尤其渴望能够再次回到党的怀抱,这样才可以与为做自己妻子而牺牲一切的弗里达更好地结合在一起。迭戈曾经受到莫罗的保护,又接待过托洛斯基,要想获得谅解

---

① 玛丽亚·德勒皮拉尔·里维拉·巴尔先多斯,《我的哥哥迭戈》,瓜纳华托,一九八六年,第二百一十四页。——原注

谈何容易。但莫洛托夫、马林科夫和布尔加宁领导下的苏联与约瑟夫·斯大林时期已今非昔比。

一九五五年底,在妻子埃马的陪伴下,画家来到莫斯科进行治疗。临行前,他依然想念着弗里达。他在为弗里达所画的回忆肖像画中,以自己喜爱的方式加上了题词:"献给我如掌上明珠般的女孩儿,亲爱的弗里达。你依旧是我的弗里达。一九五五年七月十三日。迭戈。今天你离开我一年了。"

迭戈·里维拉从莫斯科带回了满满几箱图画、素描、油画草稿,其中就有他青年时结识的诗人马雅可夫斯基的肖像画。

一九五六年十二月十三日,墨西哥为画家七十岁生日献上了巨大庆典。在墨西哥城的阿纳华卡利博物馆,在瓜纳华托他所出生的波斯多斯街道,举行了盛宴和公共舞会,燃放了礼花,场面盛大,蔚为壮观。

尽管身体每况愈下,画家在墨西哥仍四处巡游,抒写风景,描绘落日——多洛雷斯·奥尔梅多基金会展出的五十二幅阿卡普尔科落日作品,就是那时创作的。迭戈依旧是被压迫人民的代言人,他还是那个不妥协,挑战一切的革命者。他痛斥法-英-以色列对苏伊士运河的干涉、法国在阿尔及利亚的镇压行径和美国对古巴革命的干预。不过,重回共产党的欲望已经让他丧失了理智,他公开称"匈牙利事件"是"帝国主义阴谋"。

弗里达依旧活在迭戈心里:她的光辉,她对生命的爱,她对受辱的印第安人的温情和对革命的满腔热忱。弗里达赋予了迭戈青春活力,让年老多病的画家仍能迎击摩登时代的机会主义。迭戈最后的画作与弗里达去世前的作品一样,都是些裸露血红果肉的西瓜,宛如最后的祭品一般,真可谓奇怪的巧合。

一九五七年六月二十五日,与弗里达心有灵犀的迭戈向生命提前作道别。应画家米格尔的邀请,他向全世界的艺术家和所有文化界人士发出请愿书,号召停止核扩散和核武器试验。他说,东方和西方超级强国使弱小民族面临危机。这些民族"和其他民族一样拥有生存的权利。"在他的呼喊中,震颤着弗里达愤怒的声音,要竭力保护生命中的柔弱之美:

"所以,我以自己微不足道的声音尽力高呼,向为爱、为人类洞察力和为美而奋力斗争——这是高尚精神生活不可或缺的食粮——的所有人发出号召。我们要呼喊,并争取让所有人一起呼喊和斗争:立即停止原子弹试验,至少在未来的三年内。

"如此,我们可以留有时间给人们恢复理智,并与全世界团结一致,最终全面禁止生产和使用具有摧毁全体人类的热核导弹。"①

一九五七年十一月二十四日,孕育了迭戈的瓜纳华托正在为画家的生日筹备庆典,迭戈突发脑溢血在圣安吉勒的画室中去世,距弗里达离世三年零四个月。尽管迭戈曾表示死后要执行火化,把自己的骨灰和世界上他最爱的妻子的骨灰混放在一起,但十一月二十五日,人们还是将他庄严地安葬在多洛雷斯公墓的"名人亭"之中。

---

① 《墨西哥城的艺术》,国家美术学院,墨西哥城,一九八六年,第三十六页。—— 原注